일동장유가

우리고전 **100선 26**

일동장유가

2025년 3월 31일 　초판 1쇄 발행

지은이 　　　김인겸
편역 　　　　이효원
기획 　　　　박희병
펴낸이 　　　한철희
펴낸곳 　　　돌베개
편집 　　　　이경아
디자인 　　　김민해·이은정·이연경

등록 　　　　1979년 8월 25일 제406-2003-000018호
주소 　　　　(10881) 경기도 파주시 회동길 77-20 (문발동)
전화 　　　　(031) 955-5020
팩스 　　　　(031) 955-5050
홈페이지 　　www.dolbegae.co.kr
전자우편 　　book@dolbegae.co.kr

ⓒ 이효원, 2025

ISBN 979-11-94442-10-3 04810
ISBN 978-89-7199-250-0 (세트)

이 책은 인하대학교의 지원으로 연구되었습니다.

우리
고전
100
선

26

일동장유가

김인겸 지음
이효원 편역

돌베개

日東壯遊歌

지금 세계화의 파도가 높다. 현재 진행되고 있는 세계화는 비단 '자본'의 문제이기만 한 것이 아니라, '문화'와 '정신'의 문제이기도 하다. 그 점에서, 세계화에 어떻게 대응할 것인가 하는 것은 우리의 생존이 걸린 사활적(死活的) 문제인 것이다. 이 총서는 이런 위기의식에서 기획되었으니, 세계화에 대한 문화적 방면에서의 주체적 대응이랄 수 있다.

생태학적으로 생물다양성의 옹호가 정당한 것처럼, 문화다양성의 옹호 역시 정당한 것이며 존중되지 않으면 안 된다. 그럼에도 세계화의 추세 속에서 문화다양성은 점점 벼랑 끝으로 내몰리고 있는 것처럼 보인다. 하지만 문화적 다양성 없이 우리가 온전하고 행복한 삶을 살 수 있겠는가. 동아시아인, 그리고 한국인으로서의 문화적 정체성은 인권(人權), 즉 인간 권리의 문제이기도 하기 때문이다. 그래서 우리 고전에 대한 새로운 조명과 관심의 확대가 절실히 요망된다.

우리 고전이란 무엇을 말함인가. 그것은 비단 문학만이 아니라 역사와 철학, 예술과 사상을 두루 망라한다. 그러므로 일반적으로 알려져 있는 것보다 훨씬 광대하고, 포괄적이며, 문제적이다.

하지만, 고전이란 건 따분하고 재미없지 않은가? 이런 생각의 상당 부분은 편견일 수 있다. 그리고 이런 편견의 형성에는 고전을 연구하는 사람들에게 큰 책임이 있다. 시대적 요구에 귀 기울이지 않은 채 딱딱하고 난삽한 고전 텍스트를 재생산해 왔으니까. 이런 점을 자성하면서 이 총서는 다음의 두 가지 점에 특히 유의하고자 한다. 하나는, 권위주의적이고 고지식한 고전의 이미지를 탈피하는 것. 둘은, 시대적 요구를 고려한다는 그럴듯한 명분을 내세워 상업주의에 영합한 값싼 엉터리 고전 책을 만들지 않도록 하는 것. 요컨대, 세계 시민의 일원인 21세기 한국인이 부담감 없이 '쉽게' 접근힐 수 있는, 그러면서도 품격과 아름다움과 깊이를 갖춘 우리 고전을 만드는 게 이 총서가 추구하는 기본 방향이다. 이를 위해 이 총서는, 내용적으로든 형식적으로든, 기존의 어떤 책들과도 구별되는 여러 모색을 시도하고 있다. 그리하여 고등학생 이상이면 읽고 이해할 수 있도록 번역에 각별히 신경을 쓰고, 작품에 간단한 해설을 붙이기도 하는 등, 독자의 이해를 돕고자 하였다.

특히 이 총서는 좋은 선집(選集)을 만드는 데 큰 힘을 쏟고자 한다. 고전의 현대화는 결국 빼어난 선집을 엮는 일이 관건이자 종착점이기 때문이다. 이 총서는 지난 20세기에 마련된 한국 고전의 레퍼토리를 답습하지 않고, 21세기적 전망에서 한국의 고전을 새롭게 재구축하는 작업을 시도할 것이다. 실로 많은 난관이 예상된다. 하지만 최선을 다해 앞으로 나아가고자 한다. 그리하여 비록 좀 느리더라도 최소한의 품격과 질적 수준을 '끝까지' 유지하고자 한다. 편달과 성원을 기대한다.

박희병

『일동장유가』(日東壯遊歌)는 조선 후기 외교 사절로 일본에 갔던 김인겸(金仁謙, 1707~1772)이 일본에서 겪은 일을 한글로 쓴 가사 작품이다. '일동'(日東)은 일본을 뜻하는 말이고, '장유'(壯遊)는 사마천(司馬遷)이 젊은 시절 천하를 주유한 것에서 유래한 말로 큰 뜻을 품고 멀리 여행을 떠난다는 의미이다. 임금의 명을 받아 외국으로 사신 가는 것은 선비로서 누릴 수 있는 큰 영광이기도 했고, 수천 리 떨어진 낯선 나라에 가서 임무를 완수하고 돌아온 것은 가슴 벅차고 통쾌한 일이기도 했다. 그러나 당시 배를 타고 바다를 건너 외국에 가는 것은 목숨을 건 모험이기도 했으니 김인겸의 마음속에는 뿌듯함과 안도감이 교차했을 터이다. 이처럼 『일동장유가』라는 제목에는 저자가 일본에서 느낀 복합적인 감정이 담겨 있다.

조선 시대에 일본에 파견한 외교 사절을 통신사(通信使)라 하고, 이들이 남긴 여행기를 통신사행록이라 한다. 현재 전하는 통신사행록은 대부분 한문으로 되어 있으며 한글 작품은 남용익(南龍翼)의 『장유가』(壯遊歌)와 『일동장유가』 단 두 편밖에 남아 있지 않다. 『일동장유가』의 풍부한 내용과 치밀한 서술, 빼어난 장면 묘사는 조선 후기 가사가 도달한 새로운 경지를 보여 준다. 8천 구가 넘는 대장편의 가사 속에 사행 도중 겪은 온갖 일과 갖가지 사물, 다양한 인간 군상, 아름다운 자연 풍경이 빼곡히 담겨 있다. 또 우리말의 묘미를 살린 표현이나 인물 사이에 이루어진 대화가 핍진하게 수록되어 있어 당시 외교의 현장에서 무슨 일이 있었는지 독자들은 더욱 생생하게 느낄 수 있다.

귀국 후 조정에 보고하는 공적인 기록의 성격을 겸한 한문 사행록에 비해 한글로 쓴 사행 가사는 독자층이 가족이나 일가친척 등 가까운 관계에 있는 사람은 물론 한문을 읽을 수 없는 계층까지 포괄한다. 그래서『일동장유가』에는 흥미를 유발하는 다채로운 표현과 더불어 저자의 개인적인 감상(感想)이 담겨 있다. 김인겸은 거친 바다에서 느낀 두려움이나 사행 도중 홀로 남겨진 당혹감, 일본의 발전상에 대한 질투심, 전쟁의 원흉이라는 적개심 등 자신의 감정을 솔직하게 표현한다.

그렇다고 해서『일동장유가』의 내용이 신변잡기나 감상에 치우친 것은 결코 아니다. 풍요로운 물산, 발달한 기술, 화려한 도시의 정경, 다양한 인간 군상 등 일본의 실상을 객관적으로 묘사하고 있기도 하다. 그런 점에서『일동장유가』는 주관적인 감상과 객관적인 서술이 절묘하게 균형을 이루고 있는 작품이라 할 수 있다. 독자는『일동장유가』를 읽으면서 우리말로 된 가사의 묘미를 느낄 수 있을 뿐만 아니라 18세기를 살았던 한 보수적인 선비의 일본에 대한 복잡한 시선도 엿볼 수 있을 것이다.

『일동장유가』의 원문은 고어와 한자 어구 등이 많이 섞여 있어 지금 독자가 읽기에는 어려운 점이 있다. 그래서 원문을 현대 문법에 맞게 고쳐 쓰되 가사의 율격이 지닌 묘미를 훼손하지 않도록 노력했다. 한자 어구는 우리말로 바꾸는 대신 주석을 달아 설명했다. 원문에는 단락 구분이 되어 있지 않지만 적절하게 단락을 나누고 소제목과 해설을 붙였다. 한 단락 안에서도 너무 길거나 내용이 전환되는 부분은 한 행을 띄워 구분했다.

우리는 아직도 일본에 대해 무의식적인 경쟁심을 지닌 듯하다. 전쟁과 식민지배의 기억 때문일 것이다. 그러나 경쟁심은 열등감이나 우월감을 동반하게 마련이고 이는 종종 소모적인 논쟁으로 귀결되곤 한다. 한국은 이제 식민지배를 받던 약소국이 아니라 일본과 더불어 세계를 선도하는 위치에 서 있다. 질서나 우월의 대상이 아닌 동반자로서 일본과의 관계를 어떻게 만들어 나가야 할까? 『일동장유가』를 읽는 독자가 이런 문제에 대해 함께 고민할 수 있기를 희망한다.

2025년 3월

이효원

차례

1장 장쾌한 사행길
– 부산에서 쓰시마까지

5장　후지 산의 만년설
– 에도

일러두기

1. 이 책의 번역의 저본은 가람본 『일동장유가』이며, 연민본·국립중앙도서관
   본·장서각본을 참조하였다.
2. 이 책의 일본어 표기는 외래어 표기법에 따라 거센소리가 두음일 경우 예사소
   리로 표기하였다. 일본어 장모음은 살려서 표기하였다. 단, 쇼군(將軍)의 경
   우, 표준국어대사전을 따라 장모음을 쓰지 않았다. 또한 막부(幕府)의 경우,
   익숙하게 쓰는 용어이므로 '바쿠후'로 표기하지 않고 표준국어대사전을 따라
   '막부'로 표기하였다.
3. 번역 작품에서는 일본어 인명과 지명을 한자 독음으로 표기하였고, 제목과
   주석 및 해설에서는 일본어 독음으로 표기하고 설명하였다. 예: 좌수포(佐須
   浦)/사스나우라(佐須浦)

1장   장쾌한 사행길

— 부산에서 쓰시마까지

장쾌한 사행길

배에 올라서서 보니
때 시월 초육일이라
성두가 소삽하고[1]
서북풍이 매우 분다.
상선포[2] 세 번 놓고
거정포[3] 한 소리에
배다리 올려놓고
일시에 닻을 주니
천금 같은 이내 몸을
죽기로 치우치니[4]
마음이 활발하여
걸릴 것이 전혀 없네
나랏일로 나왔다가
죽은들 어이하리.
사나이 세상에 나
아무 일도 못 이루고

---

1 성두(城頭)가 소삽하고 : 성곽 위에 부는 바람이 차고 쓸쓸하고.
2 상선포(上船砲) : 배에 빨리 오르라는 신호로 쏘는 포를 말한다.
3 거정포(擧碇砲) : 닻을 올리라는 신호로 쏘는 포를 말한다.
4 죽기로 치우치니 : 죽기로 마음먹으니.

처자의 손 가운데

골몰하여 지내다가

녹록한 부유처럼

심심히 종신(終身)하면

그 아니 느꺼우냐[5]

이 역시 쾌하도다.

창해를 건너가서

부상[6]에 배를 매고

삼신산[7]에 올라가서

불사약 캐어다가

돌아와 사배(四拜)하고

구중(九重)에 드리오면

성명(聖明)하신 우리 임금

만수무강하오시면

이에서 더한 경사

또 어디 있단 말고.

---

5   녹록(碌碌)한 부유(蜉蝣)처럼~아니 느꺼우냐 : 보잘것없는 하루살이처럼 하릴없
    이 지내다가 생을 마친다면 안타깝지 않겠는가.
6   부상(扶桑) : 해가 뜨는 동쪽에 있다고 하는 전설상의 나무로, 일본을 가리키는 말
    로 쓰였다.
7   삼신산(三神山) : 중국 전설 속에 등장하는 산으로 봉래산, 방장산, 영주산을 말한
    다. 중국의 동쪽 끝에 있다고 하여 한반도 또는 일본을 가리키는 말로 쓰이기도
    했다. 진시황이 불로초를 구하기 위해 도사인 서복(徐福)을 동쪽으로 보냈는데
    한반도를 거쳐 일본에 건너갔다는 전설이 있다.

1763년(영조 39년) 10월 6일, 통신사 일행은 마침내 부산포를 떠나 사행길에 올랐다. 통신사행은 바다를 건너가는 목숨을 건 여정이기도 했다. 거센 파도에 배가 난파해서 사행원이 물에 빠져 죽는 일도 있었고 긴 여행길에 건강을 해쳐 객사하는 사람도 있었다. 김인겸은 나라를 위하고 임금을 생각하는 충군의 마음으로 두려움을 떨쳐냈다. 사신의 임무를 띠고 머나먼 여정을 떠나는 가슴 벅찬 심정이 드러나는 대목이다.

구만리 우주에 뜬 배

장풍에 돛을 달아
육선[1]이 함께 떠나
삼현[2]과 군악 소리
산과 바다 진동하니
물속의 어룡들이
응당히 놀라리라.
해구[3]를 얼핏 나서
오륙도 뒤지우고
고국을 돌아보니
야색(野色)이 창망하여
아무것도 아니 뵈고
연해 변진 각 포에[4]
불빛 두어 점이
구름 밖에 뵐 만한지.
배 방에 누워 있어

---

1 육선(六船) : 통신사가 나누어 탄 여섯 척의 배를 말한다.
2 삼현(三絃) : 조선 시대 관현악 편성인 삼현육각(三絃六角)을 말한다. 해금·피리·
   대금·북·장구·징의 여섯 악기로 이루어졌으며, 통신사행에 악단도 동행했다.
3 해구(海口) : 바다가 육지 깊숙이 들어가 있는 입구를 말한다.
4 연해(沿海) 변진(邊鎭) 각(各) 포(浦)에 : 연해를 지키는 여러 진이 위치한 포구마
   다.

내 신세를 생각하니

가뜩이 심란한데

대풍이 일어나서

태산 같은 성낸 물결

천지에 자욱하니

크나큰 만곡주[5]가

나뭇잎 부치이듯

하늘에 올랐다가

지함[6]에 내려지니

열두 발[7] 쌍돛대는

지의[8]처럼 굽어 있고

쉰두 폭 초석돛[9]은

반달처럼 배불렀네.

굵은 우레 잔벼락은

등 아래서 진동하고

성난 고래 동(動)한 용은

물속에서 희롱하네.

방 속의 요강, 타구[10]

---

5   만곡주(萬斛舟) : 만 섬이나 되는 곡식을 실을 수 있을 정도로 큰 배를 말한다.

6   지함(地陷) : 땅에서 움푹 꺼진 곳. 여기서는 파도의 골을 말한다.

7   발 : 양팔을 벌렸을 때 한쪽 손끝에서 다른 쪽 손끝까지의 길이를 말한다.

8   지의(紙衣) : 솜 대신 종이를 넣은 겨울옷을 말한다.

9   초석돛 : 초석(草席)은 왕골 같은 풀로 엮어 만든 자리를 말한다. 초석돛은 초석으로 만든 돛이라는 의미이다.

자빠지고 엎더지며
상하좌우 배 방 널은
잎잎이 우는구나.[11]
이윽고 해 돋거늘
장관을 하여 보세.
일어나 배 문 열고
문설주 잡고 서서
사방을 돌아보니
어와 장할시고
인생 천지간에
이런 구경 또 있을까
구만리 우주 속에
큰 물결뿐이로세.

부산에서 쓰시마 섬(對馬島)에 이르는 물길은 때로는 배가 난
파할 정도로 사나웠다. 통신사행은 바다를 건너는 위험한 여
정이기에 꺼리는 사람이 많았다. 김인겸 역시 불안감을 느낄
수밖에 없었다. 떠나가는 배에서 멀리 바라보이는 쓸쓸한 고

---

10   타구(唾具) : 가래나 침을 뱉는 그릇.
11   상하좌우 배 방 널은 잎잎이 우는구나 : 배 안의 사방 널빤지가 모두 삐걱거리며
      소리를 낸다는 뜻이다.

국의 풍광과 난생처음 경험하는 성난 바다, 폭풍우 뒤의 고요
하고 광대한 바다에 대한 묘사는 고향에 대한 그리움, 미지의
세계로 떠나는 불안과 기대 등 김인겸의 복잡한 심리 상태와
조응하는 듯하다. 10월 6일의 기록이다.

이를 검게 물들인 여인

좌수포[1]로 들어가니
신시[2]는 하여 있고
복선[3]은 먼저 왔다.
포구로 들어가서
좌우를 둘러보니
봉만이 삭립하여[4]
경치가 기절(奇絶)하다.
송삼죽백 귤유등감[5]
다 모두 동청[6]일세.
왜봉행[7] 여섯 놈이
금도청[8]에 앉았구나.
인가가 쓸쓸하여

---

1 좌수포(佐須浦) : 쓰시마 북쪽의 포구인 사스나우라(佐須浦)를 말한다. 부산에서
   가장 가까운 포구이다.
2 신시(申時) : 오후 3~5시를 말한다.
3 복선(卜船) : 짐을 싣는 배를 말한다.
4 봉만(峰巒)이 삭립(削立)하여 : 산봉우리가 깎아지른 듯이 솟아 있어.
5 송삼죽백(松杉竹栢) 귤유등감(橘柚橙柑) : 소나무, 삼나무, 대나무, 잣나무 및 귤
   나무, 유자나무, 등자나무, 감나무를 말한다.
6 동청(冬靑) : 겨울에도 푸르다는 뜻으로 사철나무를 가리킨다.
7 왜봉행(倭奉行) : 실무를 맡은 일본인 관리를 말한다.
8 금도청(禁徒廳) : 일본의 관청 이름이다.

여기 세 집 저기 네 집

합하여 세게 되면

사오십 호 더 아니라.

집 형상이 궁흉하여[9]

노적 더미 같고나야.

굿 보는[10] 왜인들이

산에 앉아 구경한다.

그중에 사나이는

머리를 깎았으되

꼭뒤[11]만 조금 남겨

고추상투 하였으며

발 벗고 바지 벗고

칼 하나씩 차 있으며,

왜녀의 치장들은

머리는 아니 깎고

밀기름[12] 듬뿍 발라

뒤으로 잡아매어

족두리 모양처럼

둥글게 꾸며 있고

---

9   궁흉(窮凶)하여: 몹시 궁핍하여.

10   굿 보는: 구경하는.

11   꼭뒤: 뒤통수 한가운데를 말한다.

12   밀기름: 밀랍과 참기름을 섞어서 끓인 머릿기름을 말한다.

그 끝은 두루 틀어
비녀를 꽂았으며
무론 노소귀천하고[13]
얼레빗[14]을 꽂았구나.
의복을 보아하니
무[15] 없는 두루마기
한 동[16] 단 좁은 소매
남녀 없이 한가지요
넓고 큰 접은 띠를
느직이 둘러 띠고
일용범백 온갖 것을[17]
가슴속에 다 품었다.
남편 있는 계집[18]들은
까맣게 이를 칠하고
뒤로 띠를 매고
과부 처녀 계집애는

---

13   무론(無論) 노소귀천(老少貴賤)하고: 젊고 늙음, 귀하고 천함을 불문하고.
14   얼레빗: 빗살이 굵고 성긴 빗을 말한다.
15   무: 활동성을 높이기 위해 두루마기의 양 겨드랑이 아래에 삼각형으로 길게 댄
      천을 말한다.
16   동: 저고리의 소매 끝에 대는 천 조각을 말한다.
17   일용범백(日用凡百) 온갖 것을: 일상에 쓰이는 온갖 물건을.
18   계집: 오늘날 계집은 여성을 낮잡아 부르는 말로 쓰이기에 번역어로 적절하지 않
      을 수 있다. 그러나 조선 시대에는 비칭이 아닌 여성을 가리키는 평칭으로 쓰인
      경우도 적지 않았다. 여기서는 원문을 살려 그대로 두었다.

앞으로 띠를 매고
이에 칠을 않았구나.
외총 낸 고운 짚신[19]
남녀 없이 신었구나.
비단옷에 성적하고[20]
곳곳에 앉았고나.
그중의 두 계집이
새하얀 설면자[21]로
머리 싸고 앉았거늘
통사[22]더러 물어보니
벼슬하는 사람의
처첩이라 하는구나.

쓰시마의 포구에 도착하여 처음 접한 일본의 민가와 일본인의
모습을 묘사한 대목이다. 여인이 이를 검게 칠하는 풍습은 통
신사에게 깊은 인상을 주었던 듯 다른 기록에도 많이 보인다.
17세기 남인의 영수인 허목(許穆, 1595~1682)은 일본에 대한

---

19 외총 낸 고운 짚신: 엄지와 검지 발가락 사이에 짚 한 올을 끼워서 신는 일본식
   짚신을 말한다.
20 성적(成赤)하고: 혼인날 신부가 얼굴에 분을 바르고 연지를 찍는 것을 말하는데
   여기서는 화장을 짙게 했다는 뜻으로 쓰였다.
21 설면자(雪綿子): 명주실로 만든 천을 말한다.
22 통사(通使): 통역관을 말한다.

기록을 남기면서 '흑치열전'(黑齒列傳)이라는 제목을 붙이기도 했다. 고대 일본에는 귀족 가문의 여인이 이를 검게 물들이는 풍습이 있었다. 원래 북방 민족의 풍습인데 한반도를 통해 일본으로 전해졌다. 에도(江戶) 시대(1603~1868)에 들어와서 결혼한 여인만 이를 물들이게 되었다. 검은색은 다른 색에 물들지 않기 때문에 정조를 지킨다는 의미를 담고 있다. 이 풍습은 메이지유신 이후 금지되었다. 10월 6일 사스나우라에서의 기록이다.

삼 층 찬합에 담긴 음식

왜놈[1]이 보낸 음식
내어놓고 자세 보니
네모진 삼 층 합[2]을
삼나무로 만든 것을
삼중[3]이라 이름하고
매 한 층에 두 가지씩
겹겹이 넣었으니
합하여 여섯 가지
한 가지는 송풍[4]이니
빛 누렇고 산자[5] 같고

---

1   왜놈: '왜'(倭)는 중국의 역사서에서 일본을 가리키는 말로 처음 쓰였으며 조선
    시대에도 일본을 '왜'라고 지칭하는 경우가 많았다. 고대 일본에는 '왜국'이라는
    나라가 있었고 에도 시대에도 일본인이 스스로 '왜'라고 부르기도 했다. 일본에
    서 18세기 무렵에 '왜'가 멸칭이라는 설이 등장하면서 '화'(和)로 바꾸어 쓰기 시
    작했다. '왜놈'이라는 말은 일본인을 낮잡아 부르는 말이기는 하지만 『일동장유
    가』에서는 '일본 사람' 정도의 뜻으로 쓰인 경우도 적지 않다.
2   합(盒): 여러 가지 음식물을 넣어 보내는 두세 층으로 된 찬합(饌盒)을 말한다.
3   삼중(杉重): 일본어로는 '스기주우'이다. '스기'는 삼나무, '주우'는 층층으로 된
    상자를 말한다.
4   송풍(松風): 밀가루, 된장, 설탕을 반죽한 다음 검은깨를 뿌려 구운 과자이다. 일
    본어로는 '마츠카제'라고 한다. 17세기 초 교오토(京都) 다이토쿠지(大德寺) 주
    지를 지냈던 고오게츠(江月) 화상이 처음 만들었다.
5   산자(饊子): 납작한 참쌀가루 반죽을 튀겨서 꿀을 바르고 밥풀, 깨를 붙여 만든
    과자를 말한다.

유미[6]라 하는 것은

백강잠[7] 형상이요

소춘과와 화편병[8]은

오화당[9] 모양이요

낙안[10] 세 가지는

붉고 희고 누렇구나.

반월형[11] 같은 떡과

반룡형[12] 같은 과자

찹쌀가루 설탕 타서

만들었다 하는구나.

갖가지로 먹어 보니

맛이 달콤하고나야.

쓰시마 번(藩)에서 통신사에게 대접하는 다과에 대한 묘사이

---

6   유미 : 한국의 전통 과자인 유과와 비슷하게 생긴 과자를 말하는 것으로 보인다.
7   백강잠(白殭蠶) : 곰팡이의 일종인 백강균에 감염되어 죽은 누에를 말한다. 온몸
     에 흰색 포자가 자라나는데 약재로 쓰였다. 유과 모양이 이 백강잠과 닮았다.
8   소춘과와 화편병(畫片餅) : 소춘과는 과자 이름인 듯하나 미상이다. 화편병은 납작
     한 반달 모양에 소가 들어 있는 떡을 말한다. 일본어로 '하나비라모치'라고 한다.
9   오화당(五花糖) : 다섯 빛깔의 납작한 중국 사탕을 말한다.
10 낙안(落雁) : 일본어로 '라쿠간'이라고 한다. 곱게 간 쌀가루에 물엿과 색소를 섞
     어 틀에 찍어 모양을 낸 일본 과자이다.
11 반월형(半月形) : 반달 모양을 말한다.
12 반룡형(蟠龍形) : 용이 똬리를 튼 모양을 말한다.

다. 화려하게 꾸민 여러 종류의 과자를 삼 층의 찬합에 넣어 대접하였는데 통신사에게는 인상적인 경험이었던 것으로 보인다. 에도 시대에는 다양한 과자가 만들어졌는데, 1719년 통신사 제술관이었던 신유한(申維翰)도 『해유록』(海游錄)에서 일본 과자에 대해 상세하게 기록하고 있다. 10월 7일 쓰시마 사스나우라에서의 일이다.

효자 토란

도중이 토박하여[1]
생활이 가난하니
효자 토란[2] 심어 두고
그로 구황한다거늘
쌀 석 되 보내어서
사다가 쪄 먹으니
모양은 하수오[3]요
그 맛은 극히 좋다.
마같이 무르지만
달기는 더 낫도다.
이 씨를 얻어다가
아국(我國)에 심어 두고
가난한 백성들을
흉년에 먹게 하면
참으로 좋건마는
시절이 통한하여

가져가기 어려우니

취종⁴을 어이 하리.

비 개고 달이 밝아

야경이 기특거늘

종사상⁵ 모시고서

임·이·오·홍 네 비장⁶과

판옥(板屋)에 올라앉아

사면을 돌아보니

건곤은 요락하여⁷

한 점 구름 전혀 없고

만산(萬山)은 그림같이

한편에 둘러 있고

물결은 잔잔하여

기름처럼 고왔는데

이따금 큰 고기가

---

4 취종(取種): 종자를 가져간다는 말이다.
5 종사상(從事相): 종사관(從事官) 김상익(金相翊, 1721~1781)을 말한다. 통신사를 이끄는 세 명의 외교 사절을 각각 정사(正使), 부사(副使), 종사관이라고 한다. 이들을 삼사(三使) 또는 삼사신(三使臣), 삼사상(三使相)이라고 부르기도 했다. 정사는 사행의 총책임자이고 부사와 종사관은 정사를 보좌하였다. 종사관은 날마다 일어난 사건을 기록하여 귀국 후 보고하였으며 감찰을 담당하기도 하였다.
6 임(林)·이(李)·오(吳)·홍(洪) 네 비장(裨將): 비장은 통신사를 호위하는 무관을 말한다. '임·이·오·홍'은 비장 임흘(任屹), 이정보(李徵輔), 오재희(吳載熙), 홍선보(洪善輔)를 가리킨다.
7 요락(寥落)하여: 쓸쓸하여.

물속에서 뛰는구나.
신세는 일평이요[8]
고국은 만 리로다.
오늘 밤에 여기 와서
이리 놀 줄 어이 알리
세상에 모를 것은
사나이 일이로다.

고구마는 원산지가 아메리카 대륙인데 15세기 말에 콜럼버스가 유럽에 가져왔다. 16세기경 네덜란드와 포르투갈 상인이 동남아시아에 가져왔으며, 베트남과 필리핀을 거쳐 중국으로 전해졌다가 17세기 초 류큐의 조공 사절을 통해 일본에 들어왔다. 김인겸이 일본에 갔던 계미년(1763) 통신사행 당시 정사(正使)인 조엄(趙曮, 1719~1777)이 처음으로 고구마를 조선에 들여왔다. 여기서 김인겸은 종자를 가져가기 어렵다고 했으나 조엄이 조선에 가져오는 데 성공한 것이다. 대표적인 구황 작물로 전 세계에서 수많은 목숨을 구했던 고구마가 조선에 처음 전해졌던 상황을 엿볼 수 있는 대목이다. 10월 14일 쓰시마 사스나우라에서의 일이다.

---

8   신세는 일평(一萍)이요: 배를 타고 일본에 온 신세가 물 위를 떠도는 한 줄기 부평초와 같다는 뜻이다.

사이후쿠지(西福寺)의 금부처

바람이 사나와
서박포(西泊浦)로 들어가니
인가는 수삼 호요
경치도 기절(奇絶)하다.
역관(驛館)서 마을 뒤에
서복사(西福寺)가 있다거늘
두어 동행 데리고서
구경하러 올라가니
빽빽한 수목 속에
수십 층 석계(石階) 올라
문 열고 앉아 보니
계정이 소쇄하고[1]
화초가 기이하여
크나큰 동백나무
붉은 꽃 만발하고
열 길이나 높았으며
종려자단 노송감자[2]

1   계정(溪亭)이 소쇄하고: 시냇가 정자의 기운이 맑고 깨끗하고.
2   종려자단(棕櫚紫丹) 노송감자(老松柑子): 종려나무, 자단나무와 소나무, 귤나무.

영산홍 남천화는
난만히 피어 있고
그밖에 기화이초[3]
무수히 둘렀으니
때 비록 겨울이나
예 홀로 봄이로다.
절 뒤의 온 뫼 나무
다 몰수[4] 춘백일세.[5]
절집이 세 칸인데
등메[6]를 듬뿍 깔고
탁상이 정결하여
티끌 하나 없구나야.
조그만 법당 속에
금부처 셋이 있네.
안계[7]를 굽어보니
바다가 호수 되어
대수풀 속으로
은영하여[8] 뵈는구나.

---

3   기화이초(奇花異草) : 기이한 꽃과 풀이라는 뜻이다.
4   몰수(沒數) : '전부', '모두'라는 뜻이다.
5   절 뒤의~춘백(春栢)일세 : 절 뒷산의 나무가 온통 다 동백나무일세.
6   등메 : 부들로 만든 돗자리를 말한다. 여기서는 일본의 집 안 바닥에 까는 다다미
      를 가리키는 것으로 보인다.
7   안계(眼界) : 눈으로 볼 수 있는 범위를 말한다.

아국(我國)에 있게 되면
절승(絶勝)타 하리로다.
중의 모양 보아하니
머리를 다 깎고서
아무것도 아니 쓰고
천익[9] 같은 검은 옷을
담뿍이 입은 위에
가사[10]를 매었으되
뼈로 만든 흰 고리를
가슴에 달고 있다.

서박포는 쓰시마 북쪽에 있는 항구로 일본어로 '니시도마리 우라'라고 한다. 오늘날 바로 옆에 있는 히타카츠(比田勝) 항이 여객터미널로 번성하면서 쇠락하였으나, 당시에는 수십 호의 인가가 즐비한 번성한 항구였다. 사이후쿠지는 마을 서쪽 산비탈에 위치하였는데 이곳에서 통신사를 대접하는 것이 관례였다. 통신사는 절의 아름다운 경관을 구경하고 승려들과 필담을 나누기도 했다. 10월 19일의 일이다.

---

8   은영(隱映)하여 : 은은하게 비친다는 뜻이다.
9   천익(天翼) : 조선 시대 무관이 겉옷으로 입었던 '철릭'을 말한다.
10   가사 : 승려가 장삼 위에 입는 법의(法衣)를 말한다.

수천 냥짜리 이불

방마다 구들 없어
다 몰수 마루방에
다다미를 담뿍 깔고
바람벽은 아니하고
사면에 밀장자[1]로
바람을 막았으며
그 안에 금병풍을
육첩을 쳐 있으며
벼루 필묵 종이 붓과
촛대 화로 담뱃대를
다 새로 만들어서
다 각각 놓았으며
비단 이불 비단 요를
사람 수로 들이는데
이불은 소매 있어
설면자를 위에 두어
두껍기 측량 없고

---

1   밀장자: 미는 형태의 장자(障子)라는 뜻으로 방과 방 사이에 설치한 미닫이문을
     말한다. 벽의 역할도 한다.

요 모양은 매우 넓어

이불처럼 커다랗고

솜을 장히² 두어

안팎이 다 비단이요

여러 색 빛이 다 있구나.

사신네 이불 요는

대단³으로 하였으며

격군과 노자⁴ 들은

무명으로 하였으니

그 값을 헤어 보면

은 수천 냥 든다 하네.

10월 27일 쓰시마 부중(府中: 번의 중심지)의 숙소인 세이잔지(西山寺)에서의 일이다. 통신사가 머무는 방에는 금으로 장식한 병풍, 문방구, 촛대, 화로, 담뱃대, 이불 등을 두었는데 모두 새것으로 마련하였다. 화려한 침구가 김인겸의 눈을 사로잡은 듯하다. 당시 쓰시마 번이 통신사를 얼마나 극진히 대접했는지 알 수 있다. 에도 막부(幕府)는 통신사를 접대하기 위해 막

---

2   장(壯)히 : 몹시 많이.
3   대단(大緞) : 값비싼 중국 비단을 말한다.
4   격군(格軍)과 노자(奴子) : 배에서 잡일을 하는 선원과 하인을 말한다.

대한 비용을 들였는데, 대개 통신사가 지나는 지역의 번이 나누어 부담하였다.

예법을 모르는 승려

이정암[1] 세 사신께
찬합 한 벌 들였으되
이름은 아니 쓰고
별호(別號) 도장 찍었기에
불경타고 도로 주니
고쳐 이름 써 왔으니
그제야 받고 보니
이름이 용방[2]일다.
제술관[3] 서기[4]들과
삼수역[5] 삼판사[6]께
각각 예물 하였으되
'증투'(贈投)라 하였기에

---

1   이정암(以酊庵) : 막부가 쓰시마에 두고 대(對)조선 외교를 담당하게 했던 절인 '이테이안'을 가리킨다. 여기서는 통신사를 수행하는 이테이안의 승려를 가리킨다.
2   용방(龍芳) : 이테이안의 승려로 일본어로 '류우호오'라고 한다. 1762년부터 1764년까지 이테이안에 파견되어 조선과의 외교를 관장하였다.
3   제술관(製述官) : 일본 문사와 시를 수창하고 필담을 나누는 등 문화 교류를 담당한 직책을 말한다.
4   서기(書記) : 정사, 부사, 종사관을 도와 문서를 기록하거나 제술관과 함께 문화 교류를 담당한 수행원을 말한다.
5   삼수역(三首譯) : 세 명의 수석 통역관을 말한다.
6   삼판사(三判事) : 세 명의 상급 통역관을 말한다.

아니 받고 도로 주니

'증유'(贈遺)라 고쳤으나

무레키 한가지매

또다시 내어 주니

세 번째 고쳤는데

도장은 아니 찍고

계암(桂巖) 별호 써 왔으니

그제야 받은 뒤에

우리도 저와 같이

서너 가지 답례하고

별호 써 보낸 후에

제 예물 떼어 보니

담배 스무 봉과

부채 넷이었다.

일행들 나눠 주니

다 좋아하는구나.

이테이안(以酊庵)은 쓰시마에 있는 절이다. 전근대 동아시아에
서 공적인 문서는 엄격한 격식을 동반한 한문으로 작성되었으
며 그 나라의 문화 수준을 보여 주는 척도이기도 했다. 당시 일
본을 통치한 무사는 한문 교양이 부족하였으므로 한문과 유학
을 공부한 승려들에게 외교와 관련된 문서를 작성하게 했다.
막부가 파견한 승려가 쓰시마에 머물면서 외교 문서를 작성

하거나 통신사와 편지와 시를 주고받으며 소통하였다. 그러나 이들도 한자 문명권에서 통용되는 격식을 따르지 못하고 때때로 실수를 저지르기도 했으며, 그때마다 통신사가 바로잡아 주었다. 장로가 물건을 보내면서 이름이나 호를 적지 않은 것이나, '증투'(贈投)나 '증유'(贈遺)와 같이 친구나 아랫사람에게 쓰는 말을 적은 것이 예법에 어긋났기에 통신사가 다시 돌려준 것이다. 11월 1일 쓰시마 부중의 세이잔지에서의 일이다.

사신과 쓰시마 도주의 만남

봉행(奉行) 셋이 먼저 와서
세 사신께 청알(請謁)하니
와룡관[1] 학창의[2]로
삼중석[3]에 앉으시고
군관들 군복 하고
좌우에 늘어서니
봉행이 들어와서
공순히 재배(再拜)하니
사신네 일어서서
두 번을 답읍[4]하고
차담상[5] 다 먹인 뒤에
재배하고 나가고서
대마도주 평의창[6]과

---

1   와룡관(臥龍冠) : 제갈량이 썼다고 하는 가운데가 높고 세로로 골이 진 모자를 말
    한다.
2   학창의(鶴氅衣) : 조선 시대에 사대부가 입은 평상복으로 옷 가장자리에 검은 천
    을 둘렀으며 와룡관과 함께 착용하는 경우가 많았다.
3   삼중석(三重席) : 예를 극진히 하는 의미에서 세 겹으로 깔아 놓은 자리를 말한다.
4   답읍(答揖) : 답례로 두 손을 마주 잡고 서서 허리를 굽혀 절하는 것을 말한다.
5   차담상(茶啖床) : 손님을 대접하기 위해 다과를 차린 상을 말한다. 다담상이라고
    도 한다.

이정암 용방이와

서산 장로7 와서 뵈되

입고 쓴 것 괴이하다.

도주의 썼는 것은

사모8 형상 같았으나

모자는 매우 작고

뿔 하나 꽂았으되

언월형9 모양으로

꼭뒤에 드리웠고

이정암 썼는 것은

파리머리 같았으나

세 면으로 드림 하여

투구처럼 드리우고

홍금 가사10 곱게 지어

담뿍이 입었으며

서산 장로 쓰는 것은

---

6   평의창(平義暢): 쓰시마의 번주 소오 요시나가(宗義暢, 1742~1778)를 말한다.
     쓰시마는 섬 전체가 하나의 번이기 때문에 '도주'라 부르기도 한다.

7   서산 장로(西山長老): 쓰시마에 있는 절 세이잔지(西山寺)의 승려. 통신사를 수행
     했다.

8   사모(紗帽): 관복을 입을 때 쓰는 검은 모자를 말한다.

9   언월형(偃月形): 반달처럼 생긴 모양을 말한다.

10   홍금(紅錦) 가사: 붉은 비단으로 만든 가사를 말한다.

더구나 괴이하여
모양은 휘항¹¹ 같고
뒤 뿔이 뾰족하여
도깨비처럼 일어서고
뿔 하나는 앞에 있다.

사신네¹²와 상읍(相揖)하고
자리에 앉은 후에
삼다(蔘茶)¹³ 한 잔 먹이고서
차담을 들이오되
사신과 도주, 장로
좌우 곁상 갖추었고
서산 장로에게
다만 한 상 주온 후에
사신네 저(箸)를 들어
먹기를 권하오니
삼 인이 저를 들어
두세 번 집어 먹고
놓았던 데 저 놓으니

---

11   휘항(揮項): 추울 때 쓰는 모자로 목덜미와 뺨까지 쌀 수 있게 만들었다. '휘양'이
      라고도 한다.
12   사신네: 통신사를 이끈 세 명의 사신, 곧 정사, 부사, 종사관을 말한다.
13   삼다(蔘茶): 인삼차를 말한다.

48

삼다 세 순 들이고서
사신네 순순마다
저 들면 저도 든다.
도주가 앉은 뒤에
사모 쓴 놈 셋이 앉고
두 장로 앉은 뒤에
상좌[14] 셋씩 앉았구나
왜봉행과 최 수역[15]이
피차 전어(傳語) 서로 한다.
파하여 돌아간 뒤
우리도 돌아왔네.

쓰시마 도주와 통신사가 처음으로 대면하는 장면을 아주 자세히 그리고 있다. 통신사 측에서 인삼차와 다과를 대접하자 도주와 승려가 예법에 어긋나지 않게 조심스럽게 따라 하는 것에서 공손함을 엿볼 수 있다. 김인겸이 일본의 의관을 괴이하다고 한 것은 유교의 예법에 어긋났기 때문이다. 유교 문화권에서 각종 의례와 의관은 한 나라가 도달한 문명의 수준을 보

---

14   상좌(上佐): 스승의 대를 이을 승려 가운데 가장 높은 사람을 말한다.
15   최 수역(崔首譯): 수석 역관 최학령(崔鶴齡)을 말한다. 본관은 무주(茂朱), 호는
      거금재(居今齋)이다. 1748년 무진사행에도 참여하였다.

여 주는 척도이기도 했다. 11월 2일 쓰시마 세이잔지에서의 일이다.

기 구니아키라(紀國瑞)라는 인간

무진년 일기[1] 보니
기국서(紀國瑞)라 하는 놈이
별호는 난암(蘭庵)이요
우삼동(雨森東)의 제자로서
음흉하고 불량하여
해로운 일 많다더니
일학(一學)이라 이름 고쳐
부산서 떠나올 때
도선주[2]로 나왔다가
예까지 나왔더니
호행대차[3] 퇴거 때에
간사관[4]에 임명되어
우리와 가게 되니
근심이 적지 아니해,
재판[5]과 한가지로

---

1   무진년(戊辰年) 일기(日記) : 1748년 무진사행 때 작성된 통신사행록을 말한다.
2   도선주(都船主) : 일본에서 조선에 파견된 관리로 여러 선장 가운데 우두머리를
       가리키는 말이다.
3   호행대차(護行大差) : 통신사를 수행하는 임무를 맡은 관직을 말한다.
4   간사관(幹事官) : 사행 중에 일을 주선하고 처리하는 관직을 말한다.
5   재판(裁判) : 조선과의 외교에서 실무를 담당했던 관직이다.

우리를 와서 보되
키 크고 글 잘하고
삼국(三國) 말을 다 한다네.
얼굴이 검푸르러
보건대 흉칙하다.

기 구니아키라는 쓰시마의 서기 아사오카 이치가쿠(朝岡一學)
를 말한다. 외교 문서를 기초하고 통신사 접대를 담당하였다.
1748년 무진사행 당시 기 구니아키라는 통신사 접대를 빙자하
여 뇌물을 받는 등 농간을 부렸다. 우삼동은 쓰시마의 서기 아
메노모리 호오슈우(雨森芳洲, 1668~1755)를 말하는데, 중국어
와 조선어에 모두 능통했으며 조선과 진실하게 교류해야 한다
는 성신(誠信) 외교를 주장하였다. 일본 유학자는 종종 한자 문
화권의 관습을 따라서 이름을 세 글자로 줄여서 쓰기도 했다.
11월 2일 쓰시마에서의 일이다.

가이안지(海岸寺) 구경

남편 쪽 언덕 위에
해안사[1]가 있다거늘
삼방의 제인들[2]로
삼현(三絃)을 앞세우고
구경하고 걸어가니
두 솔바탕[3] 겨우 간다.
술집과 면방, 싸전[4]
좌우에 벌였는데
깊이 있는 왜녀들이
풍류 듣고 다 나오네.
길갓집 한 계집이
문 열고 베를 짜되
베틀 연장 온갖 것이
조선과 한가지다.

---

1 해안사(海岸寺): 해안사는 일본어로 '가이안지'라고 한다. 지금의 쓰시마 이즈하
   라(嚴原) 항구의 서쪽 언덕 위에 있다.
2 삼방(三房)의 제인(諸人)들: 삼방은 종사관을 가리키는 말로 종사관과 종사관에
   게 딸린 일행을 말한다.
3 두 솔바탕: 솔바탕은 활터의 활을 쏘는 지점에서 과녁까지의 거리를 말하는데,
   대략 120걸음이다. 두 솔바탕은 240걸음 정도의 거리이다.
4 면방, 싸전: 국수 가게와 쌀가게를 말한다.

층층한 돌층계를

매우 높게 올라가니

대문 들고 중문 들어

절에 올라 보아하니

방사[5]도 광활하고

화초도 기묘하다.

금칠한 부처 하나

북벽에 앉아 있고

동편의 한 집 속에

섬사람들 부모 신패(神牌)

두루 벌여 앉혔으되

영 지게[6] 옻칠하고

금으로 장식하여

축도 같고 신주 같다.[7]

북편의 작은 문을

단단히 잠갔거늘

왜통사[8]를 달래어서

---

5   방사(房舍): 승려가 거처하는 방을 말한다.
6   영(影) 지게: 거울처럼 비치게.
7   축(筑)도 같고 신주(神主) 같다: 축 모양 같기도 하고, 신주 모양 같기도 하다는
      의미. 축은 거문고를 닮은 악기이다.
8   왜통사: 일본인 통역관을 가리키는 말이다.

문을 열고 들어가니

중 하나 앉았거늘

기골이 청수(淸秀)하다.

필묵을 달라 하여

필담으로 문답하니

다과를 먹이고서

글씨를 구하거늘

조 생원9 대필(大筆) 얻어

여남은 장 써서 주고

오던 길로 도로 나와

광청사(光淸寺)10 둘러보니

경치도 절승하다.

해안사에 비하면

뫼 빛과 바다 경치

매우 낫다 하리로다.

남루(南樓)에 올라앉아

종일토록 조망하니

이역의 손의 근심

적이11 잠깐 잊을로다.

9   조 생원: 정사(正使)의 수행원 조동관(趙東觀)을 말한다.

10   광청사(光淸寺): 일본어로 '고오세이지'라고 한다. 쓰시마 이즈하라 항구에 있으
     며 가이안지에서 북쪽으로 도보 5분 정도의 거리에 있다.

11   적이: '꽤', '어지간히'라는 뜻이다.

통신사는 쓰시마 부중에 머무는 동안 주변의 경치 좋은 절에 나들이를 하기도 했다. 일행이 악대를 앞세우고 곡을 연주하며 지나가자 백성들이 구경을 나왔으며, 절에서 만난 승려는 필담을 나누고 글씨를 써 줄 것을 청했다. 통신사가 문화 사절단의 역할도 했음을 알 수 있다. 오카야마 현(岡山縣) 우시마도(牛窓)에는 통신사의 복장과 춤을 모방한 전통 예능이 지금도 전해지고 있다. 김인겸은 조선과 달리 절에 백성의 위패가 안치되어 있는 것을 눈여겨보았다. 막부는 출생과 사망, 가족 관계 등을 기록한 호적을 절에 등록하게 해서 백성을 통제, 관리하였다. 11월 5일 쓰시마 부중에서의 일이다.

옻칠 가마

초육일 조반(朝飯)하고
사방¹에 올라가니
도주가 문안사²를
일찍이 보내었다.
또 사자 보내어서
사신네를 청하오니
위의(威儀)를 갖추어서
세 사신이 가오실새
구십오 필 안장마(鞍裝馬)를
도주가 보내었네.
삼방의 상중하관³
다 말을 타 있으며
양의⁴와 삼수역은
가마를 타 있는데

---

1   사방(使房) : 사신이 거처하는 방을 말한다.
2   문안사(問安使) : 쓰시마 도주가 사신에게 문안 인사를 하기 위해 보낸 사람을 말
    한다.
3   상중하관(上中下官) : 상관, 중관, 하관을 말한다. 일본 측에서는 통신사 일행을
    직책의 고하에 따라 이렇게 세 무리로 나누어 부르기도 했다. 여기서는 삼방, 곧
    종사관에 딸린 상중하관을 말한다.
4   양의(良醫) : 의원(醫員) 이좌국(李佐國)을 말한다.

그 가마 모양 보니
위는 옻칠하여
지붕 마루처럼
나무로 하였으며
사면에 흰 돛처럼
마치맞게[5] 베어 내어
나뭇조각 대고서
못 박아 꾸몄으며
왼옆으로 밀창[6] 하여
그리로 들게 하고
앞과 오른편은
비단 바른 밀창 내고
등[7]으로 네모 얽어
아래위를 다 펴고서
아래채는 아니 하고
길이로 마루 위에
옻칠한 긴 나무를
붙박이로 얹어 놓고
두 놈이 메고 가니

---

5   마치맞게 : 딱 맞게.
6   밀창 : 미닫이문을 말한다.
7   등(藤) : 등나무 넝쿨을 말한다.

멜 통과 마치 같다.[8]

우리는 아니 가고

숙소로 돌아와서

격군 네 놈으로

흰떡을 치이더니

왜놈의 아이들이

울 틈을 엿보고

상관[9]을 부르면서

빌면서 달라거늘

조금씩 나눠 주니

뛰놀며 좋아한다.

쓰시마 도주가 하선을 환영하는 연회에 사신을 모시기 위해 가마를 보냈는데, 이것을 묘사한 대목이다. 안장을 올린 말을 95필이나 보냈으며 옻칠을 하고 비단으로 화려하게 꾸민 가마를 보낸 것에서 통신사를 극진히 대접했음을 알 수 있다. 마지막 부분에서 통신사에게 떡을 달라고 보채는 천진난만한 아이들의 모습을 정겹게 그렸다. 11월 6일 쓰시마 부중에서의 일이다.

---

8   멜 통과 마치 같다: 일본 가마는 가마꾼이 메는 가마채 아래쪽에 사람이 타는 몸체가 달려 있는데, 그 모양이 큰 통을 매단 것 같아서 이렇게 말한 것이다.

9   상관(上官): 양의(良醫: 의원), 차상통사(次上通事: 통역관), 사자관(寫字官: 글씨를 쓰는 사람), 서기(書記), 화원(畵員)이 상관에 속한다.

정성스러운 음식 교환

전어관 승칠이[1]
들어와 뵈옵는데
위인이 신실하여
간사치 아니하거늘
전모[2]를 먹게 주니
조금 떼어 먹어 보고
품에서 종이 내어
싸가지고 나가더니
저녁에 또 오는데
제 겨레 이길이[3]를
밥 들리고 들어와서
먹으라 권하거늘
식후기에 배가 불러
못 먹겠다 사양하니
우리가 독 있다고
아니 먹는 줄 알고

---

1   전어관(傳語官) 승칠(勝七)이: 전어관은 일본인 통역관을 말한다. 승칠이는 '마
    나가 가츠시치'(間永勝七)의 이름인 '가츠시치'를 한글 음으로 읽은 것이다.
2   전모(煎牟): 보리 반죽을 구워 만든 음식으로 추정된다.
3   이길(伊吉)이: 아오야기 이키치(靑柳伊吉)를 말한다.

제가 조금 맛을 보고

간절히 권하거늘

인정에 걸리어서

서너 술씩 맛을 보니

세 가지 반찬들이

맛이 퍽 무던하다.

화전⁴으로 답례하니

치사하고⁵ 돌아간다.

통신사와 일본 통역관이 서로 음식을 나누어 먹는 정겨운 장면을 간결하게 묘사하였다. 승칠이가 전모를 조금 떼어 먹고 간직하고 나간 것에서 통신사가 준 음식을 몹시 귀중하게 여기는 태도를 엿볼 수 있다. 『일동장유가』에는 이와 같은 소소한 일화가 많이 기록되어 있어 공식적인 외교의 이면에서 이루어진 정감 어린 교류를 엿볼 수 있다. 11월 6일 쓰시마 부중에서의 일이다.

---

4   화전(花箋): 그림을 인쇄한 종이로 시나 편지를 쓸 때 사용한다.
5   치사(致謝)하고: 감사의 뜻을 표한다는 뜻이다.

쓰시마의 연회

초경[1]경에 사신네가
취타[2]하고 오시거늘
즉시 가 뵈옵고서
연향 절차 묻자오니
사신네 하오시되,
연로에 굿 보는 이[3]
그 수가 무수하고
좌우의 시정(市井)들이
번화하기 극진하고
부중(府中)에 들어갈 때
대문에 이르러서
말 탄 이 말 내리고
제이문(第二門)에 이르러서
가마 탄 이 다 내리고
셋째 문에 다다라서
사신네 남여(籃輿) 내려

---

1   초경(初更) : 저녁 7시에서 9시 사이를 말한다.
2   취타(吹打) : 악대가 음악을 연주한다는 뜻이다.
3   연로에 굿 보는 이 : 길가에 나와 통신사 행렬을 구경하는 일본인을 가리킨다.

도주가 나와 맞는데

각 따로 인도하여

여러 굽이 들어가서

정청(政廳)에 올라가니

도주, 장로 복색들이

저 때와 한가지네.

객동주서하여[4]

상대하여 앉은 뒤에

군관, 원역(員役)들이

뵌 대로 재배(再拜)하니

도주는 보지 아니하고

안연부동하네.[5]

기해, 무진년[6]에

도주가 괘씸하여

남쪽으로 비껴 앉아

절을 받는 고로

그때에 다두어서

언약을 하였기에[7]

---

4 객동주서(客東主西)하여 : 객은 동쪽, 주인은 서쪽에 앉는다는 뜻이다.

5 안연부동(晏然不動)하네 : 편히 앉아 움직이지 않는다는 뜻이다.

6 기해, 무진년 : 기해년(1719)과 무진년(1748)으로 통신사행이 있었던 해이다.

7 남쪽으로 비껴 앉아~언약을 하였기에 : 남쪽을 향해 앉는 것은 왕이 신하를 대하
   는 예법이다. 기해년과 무진년 사행 때 쓰시마 도주가 남쪽으로 비스듬히 앉아
   통신사에게 절을 받으려 했는데 통신사가 거부하고 재발 방지를 약속한 일을 말

이번은 의창이[8]가
그리 아니 하는구나.

공연을 하올 때는
사신네 시복[9]하고
구작구미[10] 마친 뒤에
와룡관 난삼[11]으로
사연(私宴)을 받으시니
도주는 관복 벗고
나와서 대좌(對坐)하니
범왜(凡倭)와 한가지다.
술 대신에 차를 들여
구작구미 또 하는데
송백매화 가화초[12]를
색색으로 들여오되
먼저 든 것 내어놓고

한다.
8   의창(義暢)이 : 대마도 도주 소오 요시나가(宗義暢)를 말한다.
9   시복(時服) : 관리가 공무를 볼 때 입는 옷을 가리킨다.
10   구작구미(九酌九味) : 아홉 번 술을 따라 아홉 번 마시는 의식을 말한다.
11   와룡관(臥龍冠) 난삼(鸞衫) : 제갈량이 썼다고 하는 말총으로 만든 관과 난새 문양
     이 있는 예복을 말한다.
12   송백매화(松柏梅花) 가화초(假花草) : 소나무, 잣나무, 매화 모양을 본떠 만든 조
     화를 말한다.

새것 다시 들여온다.

찬품은 숙공[13] 같고

복색은 정묘(精妙)하여

창 벽과 기둥들이

금으로 장식하고

도주의 처녀들은

머리를 풀어내서

왜(倭)밀기름 많이 발라

뒤로 내리쳤네.

군관, 역관, 중관(中官)들이

다 각각 자리로 가

따라간 전어관들

음식을 빌어먹고

혹 어떤 몹쓸 놈은

위격으로[14] 앗아가니

염치가 도상하고[15]

기강이 전혀 없네.

좌우편 월랑[16] 속에

백여 자루 조총 놓고

13　숙공(宿供) : 통신사에게 매일 지급하는 음식을 말한다.

14　위격으로 : 우격다짐으로.

15　도상(都喪)하고 : 도무지 없고.

16　월랑(月廊) : 행랑. 대문간에 붙은 방을 말한다.

위의와 집기들이

심히 가난하여 뵈고

그밖에 뵈는 것들

장려(壯麗)한 것 없는 것을

전 사람 일기들[17]이

과장인 줄 알만 했다.

유 영장[18] 문답할 때

절 아니한다 하네.

임 도사,[19] 이강령[20]과

우리 넷이 못 갔기에

여섯 사람 나눠 먹게

삼중(杉重) 둘 보내었네.

밤늦도록 말하다가

닭 운 후 취침하다.

17　전 사람 일기들: 이전 사행에서 작성된 사행록을 말한다. 통신사는 일본에 오기 전에 전대 사행록을 미리 읽고 대비하였다.

18　유 영장(柳營將): 영장(營將) 유달원(柳達源, 1731~?)을 말한다. 유달원의 본관은 진산(晉山), 자는 효백(孝伯)이다. 영장은 통신사를 호위하는 무관이다.

19　임 도사(林都事): 도사(都事) 임흘(林屹)을 말한다. 도사는 충훈부, 의금부 등에서 서무를 주관하는 종5품의 관직이다.

20　이강령(李康翎): 군관 이문해(李文海)를 말한다. 원래 강령(康翎) 현감인데 군관으로 차출되어 통신사행에 참여하였다.

쓰시마 도주가 베푼 연회에 대한 묘사이다. 김인겸은 참석하지 않았는데 사신에게 연회의 절차를 듣고 기록한 것이다. 임금이 신하를 대할 때만 남쪽을 향해 앉는 법인데, 이전 사행에서 쓰시마 도주가 통신사를 만날 때 비스듬히 남쪽을 향해 앉아 문제가 되었다. 기해년(1719) 통신사행의 제술관이었던 신유한은 이 때문에 연회에 참석하기를 거절하고 일본 측에 항의하며 격렬한 논쟁을 벌이기도 했다. 신유한이 지은 『해유록』에 당시의 상황이 핍진하게 그려져 있다. 한편 김인겸은 일본인 통역관이 통신사에게 제공된 음식을 탐한다거나 쓰시마의 기물들이 보잘것없다고 비판하며 전대 사행록의 기록이 과장되었다고 보았다.

전설이 서린 땅
아카마가세키

— 쓰시마에서 오오사카까지

귀신이 요동치는 바닷길

십삼일 진시[1] 경에
비로소 발선(發船)할새
도주가 앞에 서고
육선(六船)이 차례로다.
포구를 겨우 나니
서풍이 매우 불어
배 가기 심히 빨라
물결을 헤치고서
나는 듯 달아나니
바람과 물결 소리
천지가 진동하고
하늘을 돌아보니
햇빛과 구름 덩이
뒤로 닫는구나.
배 방이 진탕하여[2]
이리 눕고 저리 눕고
돛대가 움직여서

---

1   진시(辰時) : 오전 7시에서 9시를 말한다.
2   진탕(震盪)하여 : 몹시 흔들려.

우두둑하는 소리

하금작[3] 놀라오니

혼백이 다 빠진다.

배 안의 사람들이

다 몰수 구토하고

다만 하나 도사공[4]이

키만 잡고 앉았으니

염라국 시왕전이

널 하나만 가렸구나.[5]

슬프다 죽기 살기

호흡에 달렸더니

다행히 미시[6] 경에

일기도 풍본포[7]에

닻 주고 배 대이니

이제는 살았도다.

오백 리 큰 바다를

---

3   하금작 : 매우 깜짝 놀라는 모습을 말한다.

4   도사공(都沙工) : 뱃사공 가운데 우두머리를 말한다.

5   염라국 시왕전(十王殿)이 널 하나만 가렸구나 : 시왕전은 염라대왕을 비롯한 저승
     의 열 왕이 있는 대궐을 말한다. 배의 널빤지 한 장을 사이에 두고 저승과 이승이
     갈렸다는 말이다.

6   미시(未時) : 오후 1시에서 3시 사이를 말한다.

7   일기도(壹岐島) 풍본포(風本浦) : 일기도는 일본어로 '이키노시마'라고 하는데 쓰
     시마와 규우슈우(九州) 사이에 있는 섬이다. 풍본포는 이키노시마에 있는 포구로
     일본어로 '가제모토우라'라고 한다.

세 시(時) 만에 들어오니

왕령[8]이 도운 배라

하늘이라 하리로다.

위태할 손 일기선[9]이

삼십 리 못 나와서

한 아름 구목[10] 키가

풍파에 부러지네.

배가 기울어져

물속에 들락날락

맹렬한 바다 물결

사면으로 일어서서

타루[11] 위에 있는 사람

의복이 다 젖는다.

다른 키를 겨우 빼어

바다에 들이치고

배 구멍에 박으려니

바람에 뛰노는 배가

8   왕령(王靈) : 왕의 신령스러운 위엄이라는 뜻이다.
9   일기선(一騎船) : 정사가 타는 배를 말한다. 세 척의 기선(騎船)에 정사, 부사, 종
     사관과 수행원이 나누어 탔다.
10   구목(枸木) : 굽은 나무를 말한다.
11   타루(柁樓) : 키를 조정하는 높은 망루를 말한다.

만 장(丈)이나 올랐다가
천 장이나 내려지니
인력(人力)이 할 일 없어
속수무책 앉았더니
물결이 몰아다가
선혈12에 절로 드니
하늘이 도우시고
귀신의 힘이로다.
바야흐로 황황할 때
상서로운 무지개가
배를 걸쳐 호위하고
햇빛이 비추이니
기특하고 기이한 일
천고에 드물도다.

정사(正使)는 도홍띠13로
국서14를 매어 지고
배 위에 의지하여
한가지로 빠지렬 때

대구 통인(通引) 백태륭이

적삼 벗어 달라 하고

울면서 간청하니

정사가 이르시되

"사람이 죽고 살기

한 옷에 달렸으랴."

끝내 아니 주니

정신력이 갸륵하다.

그때에 부기선[15]이

곁으로 지날 적에

서중화,[16] 유 영장이

민명천[17] 바라보고

손들어 영결(永訣)하니

그 경색(景色) 생각하니

참혹하고 망조[18]하여

비할 데 전혀 없다.

조·김·이 세 군관[19]은

15   부기선(副騎船): 통신사 부사(副使)가 탄 배를 말한다.

16   서중화(徐中和): 군관(軍官) 서유대(徐有大, 1732~1802). 본관은 달성(達成), 자
     는 자겸(子謙)이다. 중화(中和)는 호이다.

17   민명천(閔明川): 군관 민혜수(閔惠洙)를 말한다. 명천(明川)은 호이다.

18   망조(罔措)하여: 망조는 망지소조(罔知所措)의 줄인 말로, 몹시 당혹하여 어찌할
     줄 모른다는 뜻이다.

19   조(曹)·김(金)·이(李) 세 군관: 군관 조신(曹信), 김상옥(金相玉), 이덕리(李德履)

인사를 못 차리니

불쌍할손 최봉령[20]이

제 형 위태한 거동을

부선(副船)에서 바라보고

질식하여 엎어져서

못 깰 뻔하다 하니

잔인도 할셔이고.

뭍에 내린 후도

반송장이 되었다네.

삼복선[21] 부기선이

차례로 들어오고

일기선 일복선[22]이

맨 나중에 들어오니

부종상이 상방에 가[23]

손잡고 눈물지고

우리도 서로 잡고

눈물이 절로 난다.

를 말한다.

20 최봉령(崔鳳齡): 상통사(上通事)로, 자는 내의(來儀), 본관은 무주이다. 1722년
    역과에 합격하여 왜학 통사가 되었다. 수석 역관 최학령의 동생이다.
21 삼복선(三卜船): 종사관 일행과 그들의 짐을 실은 배를 말한다.
22 일복선(一卜船): 정사 일행과 그들의 짐을 실은 배를 말한다.
23 부종상(副從相)이 상방(上房)에 가: 부사(副使)와 종사관(從事官)이 정사의 거처
    에 가서.

쓰시마에서 이키노시마에 이르는 뱃길에서 정사가 탄 배가 험한 물살에 휘말려 키가 부러져 죽을 고비를 넘긴 사연을 극적으로 묘사한 대목이다. 정사가 국서에 몸을 묶어 함께 빠져 죽을 각오를 하고, 옷을 던져 파도를 잠재우자는 부하의 말에 의연하게 대처하는 장면이 몹시 비장하다. 부선에서 안타깝게 바라보는 사행원들의 시선을 통해 당시의 위급한 상황을 생생하게 느낄 수 있다. 바다를 건너다가 배가 난파하여 수십 명이 익사한 일이 있을 정도로 통신사행은 목숨을 건 위험한 여정이기도 했다. 11월 13일의 일이다.

간사한 조선 마두

이십이일 청명하니
상방에서 밥을 하고
성균관 식당 하듯
다 몰수 늘어앉아
빈 그릇 먼저 놓고
그담에 밥을 주고
국과 나물, 식혜들과
자반, 침채¹ 온갖 것을
차차로 들이면서
한번에 술을 들이고
일시(一時)에 숭늉 주고
일시에 상(床)을 내니
상중관(上中官) 합하여서
예순넷이 되는구나.
글 하는 왜놈이 와
도미 하나 감자² 일곱
공경하여 들이거늘

---

1   침채: 김치를 말한다.
2   감자(柑子): 귤을 말한다.

78

지필(紙筆)로 대답했다.

금은 병풍 온갖 것을

왜통사 내어 주고

비주³ 놈 주라 하고

내 방으로 돌아오니

불측할손 마두(馬頭)놈이

간사하고 욕심 많아

조선 사람 준다 하고

다 가져간다 하네.

일본 측에서는 통신사에게 수시로 선물과 음식을 보내 대접하였고 사적으로 와서 먹을 것이나 물품을 선물하는 일본인도 있었다. 여기서는 64명이나 되는 통신사 일행이 한 번에 식사를 하는 모습을 그리고 있다. 11월 14일 비바람에 닻줄이 끊겨 배가 떠내려가는데 비주의 관리가 물에 뛰어들어 수습한 일이 있었다. 이에 공을 치하하는 선물을 보냈는데 중간에서 마두가 농간을 부려 가로챘던 것이다. 11월 22일 이키노시마에서의 일이다.

---

3   비주(肥州) : 히젠(肥前)과 히고(肥後) 지역을 말한다. 오늘날 규우슈우의 사가 현(佐賀縣), 나가사키 현(長崎縣), 구마모토 현(熊本縣) 일대에 해당한다.

전복을 먹지 않는 이유

염사일[1] 사방(使房)에 가니
축주[2] 태수 사신 왔네.
십삼일 부러진 키
축전주(筑前州) 가 닿았기에
부러진 장단(長短) 형상
그래서 보내었네.
왜인의 우리 대접
극진타 하리로다.
오백 리 먼바다에
물결이 밀어다가
하루 만에 거기 가니
괴이하기 측량 없다.
비주 태수 보낸 것이
화복[3] 모양 같은 것을
궤에 가득 넣어다가
사신께 들이오니

---

1   염사일: 24일. 염은 20을 뜻한다.
2   축주(筑州): 일본어로 '치쿠 주'라고 한다. 치쿠젠 주(筑前州)와 치쿠고 주(筑後
       州)를 함께 가리키는 말로 지금의 후쿠오카 현(福岡縣) 일대이다.
3   화복(花鰒): 꽃 모양으로 얇게 저민 전복을 말한다.

동행들 나눠 주고
왜봉행 덜어 주니
하나도 아니 받고
도로 와 드리거늘
사신이 물으시니
왜봉행 대답하되,
"제 아비 살았을 때
배 속에서 바람 만나
탄 배가 구멍 나서
물이 콸콸 들어오되
막을 계교 전혀 없어
아주 죽게 되었더니
어디에서 큰 생복이
그 구멍에 부딪히니
물이 전혀 아니 들어
인하여 살아나니
자손에게 유언하여
생복 먹지 말라 하매
은혜는 감격하나
못 먹고 드리나이다."
들으매 기이하다.
비록 몹쓸 왜놈이나
아비 유언 지키는 양
인심(人心)이 있다 할다.

이키노시마에 가던 도중에 부러진 키가 규우슈우까지 흘러갔는데, 치쿠젠 주에서 부러진 키의 모양을 상세하게 그려서 보내왔다. 일본이 치밀하게 기록을 남기며 일 처리를 했음을 알 수 있다. 생복의 은혜를 생각하여 먹지 않는다는 일본 관리의 일화가 흥미롭게 그려져 있다. 김인겸은 일본인은 야만적이라는 선입견을 품고 있었는데 아버지의 유언을 지키는 것에서 조선 사람과 똑같이 부모를 생각하는 마음을 지니고 있음을 깨달았다고 하였다. 직접 대면함으로써 타자에 대한 막연한 편견은 언제든지 허물어질 수 있음을 보여 준다. 11월 24일 이키노시마에서의 일이다.

기녀의 유혹

나루터의 왜녀들이
우리 배 바라보고
통사(通事)에게 말을 배워
조선 사람 부르거늘
격군 한 놈 대답하되
어이하여 부르나니
"오늘 밤 집에 와서
날과 한데 자고 가소."
격군이 마다하니
왜녀가 웃고 하되,
"못생겼다 못생겼다
짐승이라 하리로다."
일선의 사람들이[1]
한꺼번에 크게 웃고
차후는 그놈더러
'축생'(畜生)이라 일컬으니
열없고 부끄러워
할 말 없어 하는구나.

---

[1]   일선(一船)의 사람들이: 한 배에 타고 있는 사람 모두.

날마다 언덕에서
왜녀들 몰려와서
젖 내어 가리키며
고개 조아 오라 하며[2]
볼기 내어 두드리며
손 저어 청(請)도 하고
옷 들고 아래 뵈며
부르기도 하는구나.
염치가 전혀 없고
풍속도 음란하다.

이키노시마의 포구인 가제모토우라(風本浦)에서 머무는 중에
유녀들이 격군을 희롱하는 광경을 해학적으로 그린 대목이다.
짐승을 뜻하는 '축생'은 일본어로 '치쿠쇼'인데, 분한 심정을 드
러내거나 상대방을 욕할 때 쓰는 말이다. 격군이 유혹을 마다
하자 유녀들이 욕을 한 것을 듣고 우리말로 쓴 것이다. 당시 일
본의 대도시나 왕래가 많은 지역에는 유곽이 설치되어 있어
공공연하게 매춘이 이루어졌다. 이러한 성 풍속은 통신사가
일본을 야만적이라 생각하는 이유이기도 했다. 11월 29일 이
키노시마에서의 일이다.

---

2   고개 조아 오라 하며: 고개를 끄덕이며 오라고 부르며.

글 받으러 몰려드는 일본 문사

초사일 동풍 불고
우설이 교하하니[1]
육선(六船)이 움직이니
표풍[2]할까 염려로다.
이 땅은 축전주(筑前州)요
태수가 있는 데는
지명이 복강(福岡)이오
여기서 육십 릴세.
촌락은 극히 적고
관소(館所)는 장려하여
비단 장막 쳐 있으며
성성전[3]을 깔아 있고
중방, 각도,[4] 욕실, 뒷간
곳마다 정묘(精妙)하다.
(…)

---

1   우설(雨雪)이 교하(交下)하니 : 눈비가 번갈아 내리니.
2   표풍(漂風) : 배가 바람에 떠내려가는 것을 말한다.
3   성성전(猩猩氈) : 붉게 물들인 융단을 말한다.
4   중방(中房), 각도(閣道) : 중방은 부사가 거처하는 방이고, 각도는 방과 방을 연결
     하는 지붕을 씌운 복도를 말한다.

예부터 왜유[5]들이
글 받으러 오는 사람
벼루 종이 필묵 들과
거울 칼 가위 등속
무수히 가지고 와
윤필[6]을 하오되
선비 몸이 되어서
글 지어 주었노라
값을 어이 받을쏘냐
다 주어 내어 주니
그놈들이 무료하여[7]
열 번이나 간청하고
도로 와 들이거늘
번번이 사양하니
역관들이 와서 하되,
"예부터 문사들이
이것을 받아다가
치행한[8] 빚도 갚고
친구들도 주는지라

---

5   왜유(倭儒): 일본인 유학자를 말한다.
6   윤필(潤筆): 붓을 적셔 글을 쓴다는 뜻이다.
7   무료(無聊)하여: 겸연쩍어.
8   치행(治行)한: 여행을 떠날 준비를 한다는 뜻이다.

전례(前例)로 받으소서."
"전 사람은 받았든지
우리 소견 그와 달라
하나도 못 받으니
오활하다 웃지 마소."

12월 3일 이키노시마에서 출발하여 규우슈우 앞바다에 있는 작은 섬인 아이노시마(藍島)에 도착하였다. 통신사 파견의 주요 목적 가운데 하나가 문화 교류이다. 1682년 사행부터 일본에서 글을 잘 짓는 사람을 보내 줄 것을 요청하자 문학에 뛰어난 인물을 뽑아 제술관으로 파견하였다. 일본 문사들은 통신사를 만나 그동안 갈고닦은 실력을 보이고 검증을 받고자 하였다. 통신사 숙소에는 많은 문사가 몰려들어 시를 지어 줄 것을 요청하거나 학문과 관련해서 질문하기도 했다. 제술관과 세 명의 서기가 주로 일본 문사들을 상대하며 시와 글을 지어 주었는데, 여기서는 그런 장면이 생생하게 그려지고 있다. 일본 문사들은 글을 부탁하는 대신 선물을 가지고 왔으나 통신사는 사적인 선물이라 하여 받지 않고 물리쳤다. 18세기 중반 이후 일본에도 한문과 유학에 능통한 이들이 많이 나타나면서 이전처럼 통신사를 존숭하며 가르침을 청하는 것에서 벗어나 시 짓기를 겨루거나 학문적인 논쟁이 벌어지기도 했다. 12월 4일 아이노시마에서의 일이다.

충절이 깃든 하카타(博多)

건너편 뵈는 곳이
박다진[1]이라 하는구나.
박제상 순의하고[2]
나흥유[3] 갇히이며
정포은[4] 수절(守節)하고
신고령[5] 와 있던 데
다 여기라 이르지만
못 가 보니 애닯구나.
포구 밖의 바닷속에
바위 하나 서 있으되
두 구멍 크게 뚫려

1　박다진(博多津) : 지금의 후쿠오카 시(福岡市)의 하카타 구(博多區) 일대를 말한다.
2　박제상(朴堤上) 순의(殉義)하고 : 신라 눌지왕(訥祗王)의 아우 미사흔(未斯欣)이
　　일본에 인질로 잡혀 있었는데 사신으로 간 박제상이 미사흔을 구출하고 대신 붙
　　잡혀 죽은 일을 말한다. 순의는 의(義)를 위해 목숨을 바친다는 뜻이다.
3　나흥유(羅興儒) : 고려 우왕(禑王) 때 일본에 가서 왜구의 단속을 요구하다가 하카
　　타에 억류되었다.
4　정포은(鄭圃隱) : 고려 말의 충신 정몽주(鄭夢周). 포은은 그의 호이다. 왜구 단속
　　을 요청하는 임무를 띠고 일본에 가서 협상을 성공적으로 이끌고 포로 수백 명을
　　데리고 돌아왔다.
5　신고령(申高靈) : 조선 전기의 학자 신숙주(申叔舟)를 말한다. 고령은 신숙주의 본
　　관이다. 1442년 통신사 종사관으로 일본에 다녀온 후 일본과 류큐에 관한 인문
　　지리지인 『해동제국기』(海東諸國記)를 지었다.

개구멍 같은지라

이름이 도문(屠門)이요

비구[6]라고도 하는구나.

예선[7] 아니 나온 일로

도주를 청하지만

병 핑계로 아니 오고

낫거든 오마 하네.

불 켜고 심심터니

왜놈이 청하거늘

고조산 십경시[8]를

육언으로 지어 주다.

아이노시마는 지금의 후쿠오카 시 앞바다에 있는 작은 섬이
다. 후쿠오카를 예전에는 하카타라 불렀는데 한반도에서 인질
로 잡혀 왔던 이들이 억류되어 있던 곳이기도 했다. 특히 신라

---

6   비구(鼻口) : 콧구멍. 아이노시마의 바닷가에 있는 구멍이 뚫린 기암괴석을 말한
     다. 지금은 고삐 구멍이라는 뜻의 '하나구리세' 혹은 안경 바위라는 뜻의 '메가네
     이와'라 불린다.
7   예선(曳船) : 큰 배를 끄는 배를 말한다.
8   고조산(高照山) 십경시(十景詩) : 고조산의 열 가지 경치를 읊은 시를 말한다. 고
     조산의 일본어는 '다카테루야마'인데, 하카타 만이 내려다 보이는 조그만 언덕으
     로 경치가 매우 빼어났다고 한다. 근대에 들어와 일대가 매립되었으며 지금은 니
     시 공원(西公園)이라 불린다.

눌지왕의 아우 미사흔을 구하고 대신 인질로 잡혀 죽은 박제
상의 순절이 널리 알려져 있다. 역대의 통신사는 이곳을 지날
때마다 항상 박제상을 기리는 시를 쓰곤 했다. 12월 6일 아이
노시마에서의 일이다.

하루 음식 값이 만 냥

우리의 하루 음식
백미가 두세 말이요
도미 둘 생복 넷과
닭 하나 사슴고기 한 근
계란이 여덟이요
강고도리[1] 둘씩 하고
오징어 네 마리와
무우, 생강, 우엉과
기름 장과 초와 차를
수십 종을 들이는데
차 종지 기묘하여
비치게 옻칠하고
둥글고 소복하여
모양이 기절(奇絶)하다.
무우는 더욱 좋아
길고 크고 물도 많고
우리나라 무우보다

---

1   강고도리: 물치다래라는 고등엇과의 물고기 살을 말린 식품을 말하는데, 여기서
     는 일본인이 즐겨 먹는 가다랑어(가쓰오)를 절여서 만든 요리를 가리킨다.

백 배가 나은지라
저물도록 먹어 보니
매운맛이 전혀 없네.
그 밖의 나물들도
연하고 살지니
토산품이 기름지기
이로 좋아 알리로다.
우리 하루 겪는 것이
은 만 냥이 든다 하네.

통신사에게 지급되는 음식과 물품 등은 통신사가 머무는 각
지방의 번(藩)에서 준비하였다. 각종 육고기는 물론 생선과 전
복, 오징어 등의 해산물, 싱싱한 야채에 이르기까지 다양한 식
재료를 정성껏 준비하였다. 김인겸은 일본의 무가 조선무보다
훨씬 맛이 좋다는 점을 인상 깊게 기록하고 있다. 각 번은 음식
뿐만 아니라 숙소를 새로 짓기도 하고 배와 말을 징발하기도
하는 등 막대한 비용을 들여서 통신사를 접대하였다. 1711년
사행 때의 기록에 의하면 통신사 접대에 1백만 냥, 지금 돈으
로 환산하면 최소 1백억 엔에 달하는 비용을 지출했다고 한다.
여기에는 번의 재정을 소비시켜 세력이 커지는 것을 막으려는
막부의 의도가 개입되어 있었다. 12월 7일 아이노시마에서의
일이다.

인간 가메이 로오(龜井魯)

초팔일 삼중(杉重) 온 것
닭의 알로 만든 떡1이
매우 달고 맛이 좋아
왜떡 중에 으뜸이다.
기번실2과 평공겸3이
축전주 네 서기를
데리고 들어와서
읍하고 벌여 앉네.
정토주도,4 즐전욱5과

---

1   닭의 알로 만든 떡: 카스텔라를 말한다. 카스텔라는 원래 포르투갈 빵인데 1556년
    포르투갈 선교사가 나가사키에 가지고 온 것이 시초이다. 처음에는 우유, 꿀 등
    으로 만들어져 치료용 음식으로 인식되었다가 임진왜란 무렵부터 점차 대중화
    되었고 에도 시대에 전국으로 펴져 나갔다.
2   기번실(紀蕃實): 쓰시마의 서기 아사오카 이치가쿠(朝岡一學)를 말한다. 씨(氏)
    는 기(紀), 이름은 구니아키라(國瑞), 호는 란안(蘭菴)이다. 쓰시마에서 에도까지
    통신사를 수행하였다. 쓰시마의 서기들은 통신사를 만나러 오는 일본 문사를 주
    선하거나 통제하였다.
3   평공겸(平公兼): 쓰시마의 서기이다.
4   정토주도(井土周道): 이도 로오케이(井土魯坰)를 말한다. 자는 시칸(子幹), 로오
    케이(魯坰)는 호이다. 슈우도오(周道)는 이름이다.
5   즐전욱(櫛田彧): 구시다 기쿠탄(櫛田菊潭, 1720~1770)을 말한다. 이름은 기쿠
    (彧), 자는 분사이(文哉), 기쿠탄(菊潭)은 그 호이다. 무진년(1748) 사행과 계미년
    (1763) 사행 때 통신사를 만나 수창하였다. 필담 창화집인 『남도창화집』(藍島唱
    和集)에 시와 필담이 수록되어 있다.

93

도촌호[6]와 귀정노[7]일세.

품에서 글을 내어

차운[8]을 구하는데

그중에 귀정노가

이때 나이 삼칠이요

붓끝이 나는 듯하여

보던 중 어여쁘다.

마침 사방(使房)에서

음식 한 상 와 있거늘

네 사람을 나눠 주니

이마에 손을 얹어

여러 번 인사하고

젖은 것은 다 먹고서

과줄,[9] 과일, 마른 것은

종이에 싸 가지고

두세 번 손을 들고

품속에 품는구나.

6   도촌호(島村鼕): 시마무라 슈우코오(島村秋江)를 말한다. 자는 간타쿠(漢濯) 호
    는 슈우코오(秋江), 고오(鼕)는 그 이름이다.
7   귀정노(龜井魯): 가메이 난메이(龜井南冥, 1743~1814)를 말한다. 이름은 로오
    (魯), 자는 도오사이(道載), 호는 난메이(南冥)이다. 시에 능하고 학식이 높아 통신
    사가 모두 극찬한 인물이다. 『앙앙여향』(泱泱餘響)에 시와 필담이 수록되어 있다.
8   차운(次韻): 상대방이 준 시의 운자에 맞추어 화답시를 짓는 것을 차운이라 한다.
9   과줄: 강정, 다식(茶食), 약과(藥果)와 같은 과자를 통틀어 이르는 말이다.

네 놈이 날 향하여

부복(俯伏)하고 이르오되,

"처음에 드린 글을

오늘은 몹시 바빠

못 지을까 하였더니

즉석에서 차운하니

기쁘고 감격기가

바라는 밖이옵고

하물며 퇴석[10] 선생

늙으시고 병 드시되

역질하여 휘쇄하니[11]

장하고 거룩타"네.

한 그릇 과일 내어

귀정노 주고 하되,

"네 재주 어여쁘매

별로 이를 표정한다."[12]

귀정노 감사하되,

"날 같은 어린 것을

이처럼 사랑하니

---

10   퇴석(退石) : 김인겸의 호이다.

11   역질(力疾)하여 휘쇄(揮灑)하니 : 병을 무릅쓰고 붓을 휘둘러 글을 써 주시니.

12   별로 이를 표정(表情)한다 : 특별히 마음을 표한다.

명감[13]이 가이없소.
내일 다시 들어와서
가르침을 받으리다."

가메이 난메이는 후쿠오카 번의 유학자이자 의원이다. 일본의
유학자는 생계를 위해 의원을 겸하는 경우가 많았다. 통신사
가 머무는 지역의 문사들은 이들을 접견하기 위해 쓰시마 서
기를 통해야 했다. 통신사를 만나서 대개 미리 지은 시를 보여
주고 화답시를 요청하였다. 김인겸은 병중임에도 이들을 위해
일일이 시를 화답하였고 사신이 보낸 음식을 싸 주기도 하였
다. 특히 스물한 살에 불과한 난메이의 재주가 빼어난 것을 눈
여겨 보고 따로 과일을 챙겨 주기도 하였다. 제술관 남옥(南玉)
과 다른 두 서기 성대중(成大中)과 원중거(元重擧)도 역시 난메
이를 극찬하였다. 특히 원중거는 아이노시마에 머무는 보름여
동안 거의 매일 난메이를 만났던 것으로 보인다. 난메이는 통
신사에게 문재를 인정받음으로써 명성이 일본 전역에 알려지
게 되었다. 12월 8일 아이노시마에서의 일이다.

---

13   명감(銘感) : 마음에 깊이 새겨 감사한다는 뜻이다.

전설이 서린 땅 아카마가세키

이십칠일 노를 저어
적간관[1] 들어가니
오말[2]은 겨우 되고
삼십 리 왔다 하네.
예부터는 내해(內海)라서
산도 낮고 물도 적어
산수도 절승하고
여염도 즐비하다.
평지가 전혀 없어
나루터의 대소 인가(人家)
돌로 쌓아 올려
서너 장씩 높게 하고
그 위에 집을 지어
접옥연장[3]하여 있다.
세 사신과 동행들은
관소로 다들 가네.

---

1   적간관(赤間關) : 일본어는 '아카마가세키'이다. 시모노세키(下關)의 옛 이름.
2   오말(午末) : 오시(午時)의 끝이라는 말로, 오후 1시 무렵을 말한다.
3   접옥연장(接屋連墻) : 집들이 서로 닿아 있고 담장이 이어져 있다는 뜻으로 몹시
    번성한 도시를 가리키는 말이다.

병들어 못 내리니

궁금하고 애닯구나.

"이 땅 이름 무엇인가?"

장문주⁴라 하는구나.

육백 년 전 원뢰조⁵가

사납고도 강성하여

안덕천황⁶ 팔 세 먹고

그 어미 백하후⁷가

탐학하고 음란타고

병사 끌고 와서 치니

백하후 천황 업고

쫓기어 여기 왔더니

물에 빠져 죽었기에

안덕묘⁸가 여기 있고,

일본서 관백⁹ 나기

---

4   장문주(長門州): 나가토 주를 말한다. 지금의 야마구치 현(山口縣) 서부 일대.

5   원뢰조(源賴朝): 가마쿠라(鎌倉) 막부의 초대 쇼군 미나모토노 요리토모(1147~
1199)를 말한다.

6   안덕천황(安德天皇): 안토쿠(安德) 천황(1178~1185). 미나모토 씨(源氏)가 당시
외척으로 실권을 장악하고 있던 헤이케(平家) 가문을 멸망시켰는데, 이때 헤이케
가문 출신이었던 외조모가 여덟 살이었던 안토쿠 천황을 안고 물에 뛰어들어 함
께 자결하였다. 외조모가 아니라 어머니가 함께 자결하였다는 설도 있다. 김인겸
은 어머니로 알고 있었던 듯하다.

7   백하후(白河后): 안토쿠 천황의 어머니 다이라노 도쿠시(平德子)를 말한다. '백
하후'는 시라카와(白河) 천황의 황후라는 뜻이다.

8   안덕묘(安德廟): 안토쿠 천황의 사당을 말한다.

뇌조[10]부터 시작하네.

수양제 전성할 때

십만 대군 보내어서

일본을 치려다가

여기 와 다 죽었다네.

임진년에 평수길[11]이

우리나라 치러 올 때

주길(周吉)이란 사공 놈이

"역풍이 불리라"고

발선을 아니 하니

수길이 대노하여

내어서 허리 베고

배를 내어놓으려니

과연 그 말같이

광풍이 크게 이니

수길이가 뉘우쳐서

사당 짓고 비를 세워

---

9   관백(關白) : 막부의 쇼군을 말한다. 관백은 천황을 보좌하는 관직이기에 조선에
     서는 이렇게 불렀다. 그러나 에도 시대 천황은 실권이 없었으며 쇼군이 모든 권
     력을 행사했다.

10   뇌조(賴朝) : 원뢰조, 곧 미나모토노 요리토모를 말한다.

11   평수길(平秀吉) : 도요토미 히데요시(豐臣秀吉)를 말한다. 다이라(平)는 원래 고
     대 귀족 가문의 성씨로 히데요시가 천황에게 도요토미(豐臣) 성을 받기 전에 쓴
     성이다.

물 가운데 있다 하되

아프기에 못 가 보니라.

아카마가세키는 지금의 시모노세키이다. 12세기 초 황실의 외
척으로 권력을 장악했던 헤이시(平氏) 가문과 이에 반기를 든
겐지(源氏) 가문이 격돌하였는데, 미나모토노 요리토모(源賴
朝)는 이때 겐지 가문을 이끌어 반란을 주도했던 인물이다. 헤
이시 가문의 수장인 다이라노 기요모리(平淸盛)는 자신의 딸
을 천황과 결혼시키고 여기서 태어난 안토쿠 천황을 옹립해
실권을 장악하려고 하였으나, 결국 귀족과 무사들의 원성을
사서 헤이시 가문은 몰락하게 된다. 헤이시 가문을 멸망시킨
미나모토노 요리토모가 실권을 장악하고 관백이 되어 가마쿠
라(鎌倉) 막부를 열었다. 수양제가 대군을 보냈다는 것은 원나
라의 일본 원정을 착각한 것으로 보인다. 여몽 연합군은 규우
슈우에서 태풍을 만나 물러갔으며 시모노세키까지 오지 않았
다. 원나라 원정의 영향으로 가마쿠라 막부는 멸망하게 된다.
12월 27일 시모노세키에서의 일이다.

유곽

마상재[1] 전악[2]들이
청루[3]에 들었는데
집과 방이 사치하고
계단 뜰이 정결하여
층 지은 노송이며
온갖 화훼 다 있으니
아국에 있게 되면
유객(遊客)이 많을로다.
서·유 양인 든 주인이[4]
제집 부녀 일색(一色)이니
데려오마 간청하니
하는 양 보려 하고
데려오라 허락하니,
주인이 몹시 기뻐

---

1   마상재(馬上才): 말을 달리면서 활을 쏘거나 재주를 부리는 곡예를 말한다. 일본
    의 요청으로 조선에서 통신사와 함께 마상재를 위한 말과 인원을 파견하였다.
2   전악(典樂): 통신사절단에 소속되어 행렬이나 연회에서 음악 연주를 담당하던 관
    원을 말한다.
3   청루(靑樓): 유곽을 말한다.
4   서(徐)·유(柳) 양인(兩人) 든 주인이: 군관 서유대(徐有大)와 유달원(柳達源)이
    들어간 유곽의 주인이.

어디로 나가더니
이윽고 데려오니,
불편하기 가이없어
급히 도로 나가라 하니
겸연쩍어 가는 거동
소견이 절도하다.⁵

김인겸은 유곽 건물의 화려한 장식과 잘 가꾸어진 정원이 인
상적이었던 듯 자세히 묘사하고 있다. 군관 두 사람이 유곽에
들어가자 주인이 미인을 데려오겠다고 간청하는 바람에 승낙
하였는데 막상 유녀가 오자 몹시 어색하고 불편하여 다시 돌
려보냈다. 유곽에서 일어난 우연한 일화를 대화체를 사용하여
흥미롭게 묘사하고 있다. 1764년 1월 6일 지금의 히로시마(廣
島) 부근에 있는 조그만 섬인 가로오토(鹿老渡)에서의 일이다.

---

5   소견(所見)이 절도(絶倒)하다: 보기에 몹시 우습다.

벼랑 위의 금각

십일일 동북풍에
묘말[1]에 발선하여
이예주와 찬기주[2]를
왼편에 늘이 끼고[3]
안예 태수[4] 사는 데를
지나가며 바라보니
금장식 오층 누각
구름 속에 아득하다.
예서부터 좌우편에
마을 집이 자주 있다.
구십오 리 행하여서
왼편을 돌아보니
기이한 석벽 위에

---

1   묘말(卯末) : 묘시(卯時)는 오전 5시에서 7시 사이인데, 묘말은 7시 직전이라는 뜻
    이다.
2   이예주(伊豫州)와 찬기주(讚岐州) : 일본어로 각각 '이요 주'와 '사누키 주'이다.
    지금의 에히메 현(愛媛縣)과 가가와 현(香川縣)에 해당한다.
3   왼편에 늘이 끼고 : 왼편으로 늘 끼고 간다는 뜻이다. 사실 이예주와 찬기주는 진
    행 방향으로 볼 때 오른편에 있다. 김인겸이 착각한 듯하다.
4   안예(安藝) 태수(太守) : 아키노 주(安藝州)의 태수. 아키노 주는 지금의 히로시마
    현(廣島縣) 서부 일대이다.

빼어난 절 있거늘
그 이름 물어보니
아복토 반대사[5]일세.
두 중이 배 타고 와
보시하라 청하거늘
사신들도 쌀섬 주고
일행 제인(諸人)들이
잡것을 다 주거늘
내 역시 글씨 써서
열아홉 장 내어 주니
감사하고 가는구나.

일본의 내해인 세토나이카이(瀨戶內海)를 항해하면 양쪽으로
육지가 보이는데 섬이 많아 절경을 이루었다. 반다이지(盤臺
寺)는 해안가 절벽 위에 지어진 화려한 절로, 승려들이 배를 타
고 와서 보시를 받는 장면이 이채롭다. 1764년 1월 11일의 일
이다.

---

5   아복토(阿伏兎) 반대사(盤臺寺): 일본어로 각각 '아부토', '반다이지'이다. 반다
이지는 지금의 히로시마 현 후쿠야마 시(福山市) 누마쿠마쵸오(沼隈町) 노토하라
(能登原)에 있는 절이다. 절의 관음당이 아부토 곶 절벽 위에 있어 아부토 관음이
라 불린다.

아카시(明石)에서의 달구경

백 리쯤 지나오니
명석(明石)이라 하는구나.
여기서 월출 보기
장관이라 하는지라
일변으로 행선하여[1]
삼사신[2]을 모시고서
타루에 올라앉아
사면으로 바라보니
풍청낭정하고[3]
수천이 일색일다.[4]
이윽고 달이 뜨니
장함도 장할시고
홍운(紅雲)이 집히는 듯
바다가 뒤눕는 듯
크고 둥근 백옥 바위
그 사이로 솟아 오니

---

1 일변(一邊)으로 행선(行船)하여: 한쪽 편으로 나란히 배를 몰아.
2 삼사신(三使臣): 정사·부사·종사관을 말한다.
3 풍청낭정(風淸浪靜)하고: 바람이 맑고 파도가 고요하며.
4 수천(水天)이 일색(一色)일다: 바다와 하늘이 하나로 이어져 빛깔이 같다.

찬란한 금 기둥이
만 리에 뻗치었다.
아국에 비하면
배이 남아 더할로다.[5]
부상(扶桑)이 가깝기에
그렇다 하는구나.
낮은 산 작은 골에
큰 보자기 친 것 같아
건곤이 조요하여
호발을 헤리로다.[6]
천하에 장한 구경
이에서 또 없으리.
사나이 좋은 줄을
오늘이야 알리로다.
부녀처럼 들었으면[7]
이런 것을 어이하리.
밤빛은 아득하되
병고[8]를 바라보니

---

5   배(倍)이 남아 더할로다: 배 이상 더할 것이라는 말이다.
6   건곤(乾坤)이 조요(照耀)하여 호발(毫髮)을 헤리로다: 하늘땅이 밝게 빛나 터럭
      도 헤아릴 수 있다는 말이다.
7   부녀처럼 들었으면: 부녀자들처럼 집에 들어앉아 있어야 했다면.
8   병고(兵庫): 지금의 효오고 현(兵庫縣) 고오베 시(神戶市) 일대를 말한다.

수없는 등불 빛이
십 리에 선명하여서
위에는 천만 별들
구만 리에 반짝이고
아래는 백만 등롱
해변에 즐비하니
오늘 밤 이 경치는
천지간 기관[9]이다.

아카시는 지금의 효오고 현 고오베 시 근처의 항구 도시이다. 통신사는 배를 타고 세토나이카이를 항해하여 오오사카(大阪)에서 상륙해서 육로를 통해 에도까지 이동하였다. 『일동장유가』에는 도중에 머문 항구의 풍경과 풍속을 묘사한 대목이 많은데, 여기서는 아카시 앞바다에서 달구경을 한 장면을 아름다운 필치로 그려 내었다. 달이 뜨기 직전 붉게 물든 구름과 둥근 백옥 같은 달, 잔잔한 바다에 비친 달빛을 황금 기둥에 비유하는 등 경치를 묘사한 기발한 표현이 인상적이다. 부상(扶桑)은 해가 뜨는 동쪽 끝에 있다는 전설상의 나무를 말하는데 일본을 가리키는 말로 쓰이기도 했다. 1월 19일의 일이다.

---

9   기관(奇觀): 기이한 광경이라는 뜻이다.

3장

용과 봉황 아로새긴
배를 타고

— 오오사카

용과 봉황 아로새긴 배를 타고

하구(河口)에 다다르니
나루터가 얕은지라
우리 배 들어가기
걸리어 어렵더니
열한 척 금누선[1]이
대령하여 맞는구나.
저 금누선 제작 보소
안팎에 옻칠하여
그림자 지게 비치이고
금가루로 찬란하게
용과 봉도 그렸으며
낙타 공작 새겼으니
궁사하고 극치키는[2]
만고에 없을레라.
이층집을 짓고
대공 갖춰 창격들을

---

1   금누선(金樓船) : 금으로 장식한 누선(樓船). 누선은 2층 망루가 있는 배를 말한
     다. 일본 각지의 다이묘(大名 : 번주)들이 화려하게 장식한 배를 통신사에게 제공
     하였다.
2   궁사(窮奢)하고 극치(極侈)키는 : 몹시 사치스럽기는.

황금으로 아로새겨[3]
옷장처럼 꾸몄으며
온갖 빛깔 넓은 비단
한 폭씩 넓게 이어
휘장을 지어내어
주황실 진홍실과
옅푸른 비단실로
팔뚝만치 줄을 드려
온 배를 두루 둘러
사면으로 드리웠네.
"신하가 이 배 타기
진실로 외람하다."
한두 번 사양하고
나중에 올라탈새
정부종 삼사상[4]이
각 한 배씩 타 오시고
한 척을 빼어 내어
국서를 모시고서
도주 한 척 정승 한 척

---

3   대공(大工) 갖춰~황금으로 아로새겨 : 솜씨 좋은 장인들이 창틀을 조각하고 황금
     으로 장식하여.
4   정부종(正副從) 삼사상(三使相) : 정사·부사·종사관 세 명의 사신을 말한다. 사신
     을 사상(使相)이라 부르기도 했다.

삼수역 삼상판사[5]

각 한 배씩 올라앉아

차례로 나아갈 제

내 역시 종사상과

한 배에 올라타서

배마다 줄을 매어

이편 언덕 저편 언덕

무수한 예선군[6]이

차례로 끌어가니

두 편에 굿 보는 이

바다 같고 뫼 같아서

성성전도 깔았으며

금병풍도 치고 앉아

그리 많은 왜녀들이

가득히 앉았으니

붉은 옷도 입었으며

푸른 옷도 입었으며

자주 옷도 입었으며

아롱 옷도 입었으며

그중에 호사(豪奢)한 이

---

5   삼상판사(三上判事) : 세 명의 상급 통역관을 말한다.
6   예선군(曳船軍) : 배를 끌고 가는 사람을 말한다.

벼슬아치 부녀라네.

오오사카에 도착한 통신사는 배에서 내려 오오사카를 가로지르는 나니와 강(浪華江)을 거슬러 올라간다. 강바닥이 얕아 바다를 항해하는 큰 배는 갈 수 없기에 일본 측에서 통신사를 태울 배를 내어 오는데, 그 배가 몹시 사치스럽고 화려하여 통신사를 놀라게 했다. 통신사는 거울처럼 번쩍이는 옻칠에 금가루와 비단, 색색의 줄로 장식한 배가 신하가 타기에는 너무 화려하다고 생각하여 사양하기도 했다. 그러나 사실 이 배는 여러 지역의 다이묘, 곧 번주들에게 징발한 것이었다. 배가 강을 거슬러 올라가기 위해 강의 양쪽에서 밧줄을 매어 배를 끌었으며 수많은 인파가 통신사를 보기 위해 몰려들어 일대 장관을 이루었다. 1월 20일 오오사카에서의 일이다.

삼신산의 금빛 궁궐

강물이 크지 않아
임진강만 아니해
물가에 두 편으로
인가가 연속하고
분칠한 너른 담과
고래등 같은 큰 집을
황금과 적홍으로
공교히 꾸몄으며
삼신산(三神山) 금궐 운대[1]
진실로 여기로다.
일 리는 겨우 가서
날이 벌써 저문지라
양안(兩岸)에 등촉 빛이
삼십 리에 벌였으니
장건이 뗏목 타고
은하로 올라갈 제[2]

---

1   금궐(金闕) 운대(雲臺): 금으로 만든 궁궐과 구름 속에 솟은 누대.
2   장건(張騫)이 뗏목~올라갈 제: 장건은 한나라 무제 때 사신으로 서역에 파견되
     었다가 흉노에게 붙잡혀 10여 년 동안 억류되었지만 끝내 탈출하여 임무를 완수
     하였다. 중국과 서역의 교통로인 실크로드를 처음 개척하였다. 장건이 뗏목을 타

좌우의 별들이
이같이 껴 있던가.
우리나라 팔일 관등3
오호라 하리로다.
하 장하고 끔찍하니4
한 붓으로 못 쓸노라.

누선을 타고 나니와 강을 거슬러 올라가면서 본 대도시 오오
사카의 번화한 모습을 묘사한 대목이다. 당시 오오사카는 인
구가 40만에 육박하는 대도시로 상업의 거점이었다. 김인겸은
처음 보는 대도시의 풍경에 깊은 인상을 받은 듯하다. 즐비한
저택과 등불을 보며 신선이 사는 궁궐을 떠올리고 자신을 은
하수를 거슬러 올라간 전설상의 인물에 비유하였다. 1월 20일
오오사카에서의 일이다.

고 황하를 거슬러 올라가 은하수에 이르렀다는 전설이 있다.
3   팔일 관등: 초파일에 하는 관등놀이를 말한다.
4   하 장(壯)하고 끔찍하니: 몹시 성대하고 대단하니.

무지개다리

강 위에 나무다리
무지개 모양으로
공중에 떠 있는데
이 층 누각 금누선이
그 아래로 들어가니
그 높기는 알리로다.
그리 많은 도리 기둥
삼나무로 널을 하여
사면으로 대이고서
쇠못을 박았으니
비와 물에 상하면
다른 널로 다시 하니
아무리 오래되어도
전혀 썩지 아니하매
다리를 볼작시면
이어 붙인 데 틈이 없어
대패로 민 듯하며
한 나무로 한 듯하며
난간을 하였으되
기둥 세우고 중방¹ 들여
적동(赤銅)으로 편쇄 치어

중방마다 장식하고
큰 항(缸)만 한 주저리[2]를
가마 꼭지 모양으로
기둥마다 덮었으니
기묘하고 사치하다.

오오사카에는 수많은 운하가 있어 주로 배로 물자를 수송하였는데, 운하가 많은 만큼 다리도 많았다. 통신사가 탄 이 층 누선이 그 밑을 통과할 정도이니 다리의 크기를 짐작할 수 있다. 김인겸은 그 규모에 감탄하는 데서 그치지 않고 다리가 어떻게 만들어졌는지 상세하게 관찰하여 기록하였다. 기둥이 썩지 않도록 나무판을 덧대어 정기적으로 교체를 하고, 상판은 널빤지를 넓이로 이었는데 종이 한 장 들어갈 틈이 없어 마치 한 장의 널빤지 같았다. 난간의 목재도 편쇠를 쳐서 이어 붙였으며 기둥의 윗부분에는 금속 꼭지를 씌워 장식하였다. 일본의 토목 기술이 상당한 수준에 이르렀음을 짐작할 수 있다. 1월 20일 오오사카에서의 일이다.

---

1   중방(中枋): 기둥과 기둥 사이를 이어 주는 나무를 말한다.
2   주저리: 추위를 막기 위해 볏짚을 엮어서 만든 가리개로 항아리를 덮거나 꽃나무를 감싸는 데 사용했다.

법령이 엄한 나라

백삼십 리 대판성을
삼경량에 들어가니[1]
섭진주[2]에 속하였고
강 이름은 낭화[3]로다.
예부터 제술관이
국서선[4]에 오르더니
이번에 남시온[5]이
사집[6]과 원자재[7]로
일복선에 앉았다가
국서선에 못 오르고
뒤에 떠서 있는지라
불쌍하기 가이없다.

---

1   백삼십 리 대판성(大阪城)을 삼경량(三更量)에 들어가니 : 130리를 가서 오오사카
    성(城)에 3경 무렵에 들어가니. 3경은 밤 11시에서 1시 사이를 말한다.
2   섭진주(攝津州) : 일본어로 '셋츠 주'라고 한다. 지금의 오오사카 부(府) 북동부와
    효오고 현 남동부 일대이다.
3   낭화(浪華) : 일본어로 '나니와'이다. 오오사카의 옛 이름이기도 하다.
4   국서선(國書船) : 국서를 실은 배를 말한다. 국서는 임금을 상징하기에 특별히 따
    로 가마와 배를 마련하여 운반했다.
5   남시온(南時韞) : 제술관 남옥을 말한다. 시온은 남옥의 자이다.
6   사집(士執) : 서기 성대중을 말한다. 사집은 성대중의 자이다.
7   원자재(元子才) : 서기 원중거를 말한다. 자재는 원중거의 자이다.

상륙함을 청하거늘
삼사상을 뫼시고서
본원사[8]로 들어갈새
길을 낀 여염집들이
접옥연장하고
번화부려(繁華富麗)하여
우리나라 종로에서
만 배나 더하도다.
발도 걷고 문도 열고
난간도 의지하며
마루에 앉았으니
집 안에 가득하고
기둥을 메웠으되
어른은 뒤에 앉고
아이는 앞에 앉아
일시에 굿을 보되
그리 많은 사람이
한 소리를 아니 하고
어린아이 혹 울며는
손으로 입을 막아

---

8   본원사(本願寺): 오오사카에서 통신사가 머물렀던 절로, 지금의 오오사카 시 주
     우오오 구(中央區)에 있는 혼간지(本願寺) 츠무라(津村) 별원이다.

못 울게 하는 거동
법령도 엄하도다.
나 탄 말이 크고 높고
놀라고 사나와
소리하고 뛰놀아서
거의 낙상할 뻔하니
이 앞 육로 천여 리를
어이 갈꼬 염려로다.
관소로 들어가니
그 집이 웅장하여
우리나라 대궐에서
크고 높고 호사롭다,

오오사카에 입성하여 숙소까지 가는 도중에 본 광경을 묘사
한 대목이다. 세 사신이 배를 나누어 타고 국서는 따로 국서선
에 실어 옮겼다. 통신사는 상륙한 후 행렬을 이루어 음악을 연
주하면서 시내를 가로질러 행진하였다. 통신사는 대체로 30년
에 한 번 정도 일본에 파견되었다. 따라서 통신사 행렬은 일본
인에게는 일생에 한 번 만날 수 있을까 말까 한 구경거리였다.
수많은 사람이 통신사가 지나는 길에 몰려들어 통신사 행렬을
구경하였는데 멋대로 움직이거나 떠드는 사람이 한 명도 없었
다고 김인겸은 말하고 있다. 엄격한 규율로 통제되던 무가(武
家) 사회였기 때문이다. 1월 20일 오오사카에서의 일이다.

눈요기 잔칫상

숙공[1]을 받으려고
연향청에 나앉으니
음식을 들이는데
무비기괴 궤휼하다.[2]
전복 문어 온갖 것을
한데 무쳐 아로새겨
과줄 괴듯 둥그렇게
자이나 괴었으니[3]
오색으로 여럿이요
모양이 한과 같다.
떼어 먹어 보려 하니
떨어지지 아니 하네.
물가에 도요새를
죽은 것을 갖다가서
두 날개에 금을 올려

1　숙공(宿供): 날마다 제공되는 음식을 말한다.
2　무비기괴(無非奇怪) 궤휼(饋恤)하다: '무비기괴'는 기괴하지 않음이 없다는 뜻이
　고 '궤휼'은 손님을 대접한다는 뜻으로, 몹시 이상한 음식을 내어 왔다는 말이다.
3　과줄 괴듯~자이나 괴었으니: 자는 길이의 단위인 척(尺)으로, 약 30cm이다. 과
　자를 쌓듯이 음식을 한 자 높이로 쌓은 모양을 묘사한 것이다.

벌어지게 놓았으니
잡은 지 오랜지라
구린내 참혹하다.
가재라 하는 것을
생으로 놓았으되
모양은 대하 같고
크기는 매우 크다.
다섯 치나 긴 나룻[4]에
금을 올려놓았으며
그밖에 이름 없는
온갖 것을 벌였으되
그 수는 수십이요
먹을 것이 전혀 없다.
그중에 가화 가송[5]
진짜 것과 많이 같다.

오오사카에서 쇼군이 통신사에게 연회를 베풀었는데, 이때 나
온 음식에 대한 기록이다. 막부는 에도 시대의 귀족만 누릴 수
있는 최상의 요리를 마련하여 통신사를 극진히 대접하였다.

4　나룻: 가재의 수염을 말한다.
5　가화(假花) 가송(假松): 가짜로 만든 꽃과 소나무, 곧 조화를 말한다.

7·5·3선(膳)이라고 하여 한 번의 연회에서 반찬의 가짓수가 7개, 5개, 3개인 상차림이 모두 합해 일곱 번 제공되었다. 그중에는 의례에 사용되는 상차림으로 시각적으로 화려하게 장식하였으나 먹을 수 없는 것도 있었다. 1월 21일 오오사카에서의 일이다.

구리 기와 즐비한 도시

미농수[1]의 거처 곁에
높은 난간 위에 앉아
사면을 바라보니
지형도 기절(奇絶)하고
인호(人戶)도 많을시고
백만이나 하여 뵌다.
우리나라 도성 안은
동에서 서에 오기
십 리라 하지마는
채 십 리가 못 하고서
부귀한 재상들도
백 간 집이 금법(禁法)이요
다 모두 흙 기와를
이었어도 장(壯)타는데
장할손 왜놈들은
천 간이나 지었으며
그중의 호부(豪富)한 놈
구리 기와 이어 놓고

---

1   미농수(美濃守) : 미노 주(美濃州)의 태수를 말한다.

황금으로 집을 꾸며

사치하기 대단하고

남에서 북에 오기

백 리나 거의 하되

여염이 빈틈없어

담뿍이 들었으며

한가운데 낭화강[2]이

남북으로 흘러가니

천하에 이러한 경치

또 어디 있단 말고.

북경(北京)을 본 역관이

일행 중에 와 있으되

중원의 장려(壯麗)하기

이보다 낫잖다네.

이러한 좋은 세계

해외에 벌였으니

더럽고 못 쓸 씨로

구혈을 삼아 있어[3]

주 평왕 적 입국하여[4]

---

2   낭화강(浪華江): 일본어로 '나니와 강'이다. 오오사카 중심부를 흐르는 요도가와
     (淀川)를 말한다.
3   더럽고 못 쓸~삼아 있어: 야만적인 종족이 일본 땅을 차지하고 있다는 뜻이다.
     구혈(舊穴)은 짐승이 사는 오래된 굴로 일본을 가리킨다.

이때까지 이천 년을
흥망을 모르고
한 성(姓)으로 전하여서[5]
인민이 생식(生殖)하여
이처럼 번성하니
모를 이는 하늘이라
가탄하고 가한일다.[6]

조선의 도성과 비교하며 오오사카의 집들이 몹시 화려하고 도시의 규모가 대단히 크다는 점을 강조하고 있다. 오오사카의 번성함을 보고 김인겸은 몹시 놀랐던 것으로 보인다. 북경보다 웅장하다거나 천하에 없는 경치라는 말에서 김인겸이 받은 충격을 짐작할 수 있다. 조선은 성리학을 존숭하였기에 검소함을 중시하였던 반면, 일본은 상업이 발달하여 부유한 상인들이 많았고 지배층인 무사들은 사치스러움으로 권위를 드러냈다. 김인겸은 일본의 발전상을 외면하지 않고 있는 그대로 그리고 있으면서도 한편으로는 일본인을 야만시하며 하늘이

---

4 주(周) 평왕(平王) 적 입국(立國)하여: 주나라 평왕 때 나라를 세워서. 일본의 역사서인 『일본서기』(日本書紀)에 의하면 진무(神武) 천황이 기원전 660년에 처음 나라를 세웠는데, 이때가 중국의 주나라 평왕(재위: 기원전 771~720) 시절이다.
5 흥망(興亡)을 모르고 한 성(姓)으로 전하여서: 천황의 가계가 멸망하지 않고 계속 이어졌다는 말이다.
6 가탄(可嘆)하고 가한(可恨)일다: 몹시 한탄스럽다는 뜻이다.

어떻게 이렇게 번성하게 해 주었는지 모를 일이라고 한탄하고 있다. 일본에 대한 양가적인 감정이 잘 드러난다. 1월 22일 오오사카에서의 일이다.

해괴한 결혼 풍습

제 나라 귀가(貴家) 부녀
절집에 다닐 적에
바지 아니 입었기에
서서 오줌 누게 되면
제 하인 그 뒤에서
명주 수건 가졌다가
달라 하면 내어 주니
들으매 해연하다.[1]
제 형이 죽게 되면
제 형수를 계집 삼아
데리고 살게 되면
착하다고 기리지만
제 아운 길렀다고
제수는 못 한다네.[2]
예법이 전혀 없어
금수와 일반일다.

---

1 해연(駭然)하다: 몹시 이상스러워 놀란다는 뜻이다.
2 제 아운~제수는 못 한다네: 아우는 형이 길러 주었으니 동생이 죽었다고 해서
   형이 동생의 아내를 취하지 않는다는 뜻이다.

대저(大抵)한 저 평수길이
사납고 강성하여
높은 뫼는 낮게 하고
낮은 뫼는 높게 하고
바른 물은 굽게 하고
굽은 물은 곧게 하여
물 하나 뫼 하나를
고이 둔 것 전혀 없고
살인을 여마하며[3]
인국(隣國)을 침략하고
대명(大明)을 범하려니
제 어이 망찮으리.

에도 시대에는 배설물을 비료로 사용했기에 귀중한 자원으로
취급되었다. 교오토를 비롯한 간사이(關西) 지방에서는 길가
에 소변통을 설치해 놓고 지나가는 사람이 소변을 보게 했는
데 여성도 예외는 아니었다. 형이 죽으면 형수를 아내로 삼는
다는 기록은 일본의 야만적인 풍습을 말할 때 항상 등장하는
내용으로 다른 사행록에도 많이 보인다. 일본의 유학자들 역
시 일본의 이런 풍속을 부끄럽게 여겼다. 유교 예법이 문명의

---

3   살인을 여마(如魔)하며: 마귀처럼 살인을 하며.

기준으로 통용되던 전근대 동아시아에서 이런 풍속은 문명의 기준에서 일탈한 야만적인 것으로 비춰졌다. 이는 문화 차이 이상의 의미를 지닌다. 김인겸은 일본이 유교 문명에서 일탈하였기에 이웃 나라를 침략하게 된다고 보았던 것이다. 1월 22일 오오사카에서의 일이다.

밤낮으로 지어 준 시

이십삼일 식전부터
예놈[1]이 무수히 와
필담하기 난감하고
수창도 즈즐하다.[2]
병들어 어려우나
나라에서 보낸 뜻이
이놈들을 제어하여
빛있게 하심이라
병이 비록 중할진들
어이 아니 지어 주리.
일생 힘을 다 들여서
풍우처럼 휘갈기니
겨우 다 차운하면
품속에서 다시 내어
여러 놈이 함께 주면

---

1   예(曳)놈: 일본인을 가리키는 말. 조선 시대에는 일본을 '왜'라고 하는 경우가 많
     았다. '예'라는 말은 『일동장유가』에서 특징적으로 보이는 표현인데, 서기 가운데
     한 명인 원중거는 『승사록』(乘槎錄)에서 일본인들이 '예사' 혹은 '예이사'라고 구
     령을 붙이는 것을 듣고 '왜'를 '예'라고 부르게 되었다고 하였다.
2   즈즐하다: 지긋지긋하다.

턱에 닿게 쌓이도다.
또 지어 내어 주면
또 그처럼 내어놓네.
늙고 병든 이내 근력
다 쓸까 싶으도다.
젊었을 제 같게 되면
그 무엇이 어려울꼬.
우리를 보려 하고
이삼천 리 밖의 놈이
양식 싸고 여기 와서
대엿 달씩 묵었으니
만일 글을 아니 주면
낙담하기 어떠할꼬.
노소귀천 막론하고
모두 다 지어 주니
이러므로 우리 임무
밤낮으로 쉴 때 없네.

일본 문사들은 통신사를 만나 시를 수창하고 필담을 나누기 위해 통신사가 머무는 도시에 몰려들었다. 그중에는 먼 지역에서 와서 몇 달을 머무르며 통신사를 기다린 이들도 있었다. 자신의 문학적 능력과 학문 수준을 검증받기 위해서였다. 당시 한문과 유학은 동아시아에서 문명의 기준으로 간주되었는데 일본의 평균적인 수준은 조선에 미치지 못하였다. 그렇기에 일본 문사들은 통신사를 만나 평소 자신의 공부를 확인하고자 한 것이다. 조선은 일본 사회가 유교화됨으로써 무가 사회의 기풍이 사라지고 조선을 다시 침략할 가능성이 사라질 것이라 생각했다. 일본을 제어하여 빛있게 한다는 말은 이런 의도에서 나온 말이다. 그래서 김인겸도 병을 무릅쓰고 적극적으로 시문 수창에 나선 것이다. 1월 23일 오오사카에서의 일이다.

4장

아무것도 모르는 천황

― 교오토에서 에도까지

才上馬 陣破別 官軍旅禁

才上馬 陣破別 官軍旅禁

편리한 수차

정포[1]로 올라오니
여염도 즐비하며
물가에 성을 쌓고
경치가 기이하다.
물속에 수차 놓아
강물을 자아다가
홈으로 물을 끌어[2]
성안으로 들어가니
제작이 기묘하여
본받음 직하구나야.
그 수차 자세히 보니
물레를 만들어서
좌우에 박은 살이
각각 스물여덟이요
살마다 끝에다가

1   정포(淀浦): 오오사카를 관통해서 흐르는 강인 요도가와(淀川)의 상류에 위치한
     포구 '요도우라'를 말한다. 통신사는 오오사카에서 일본 측이 제공한 배를 타고
     요도가와를 거슬러 교오토 쪽으로 올라갔다.
2   홈으로 물을 끌어: 수차의 파인 곳에 강물을 담아 수로에 퍼 올려서 성안으로 흘
     러 들어가게 했다는 뜻이다.

널 하나씩 가로 매어
물속에 세웠으니
강물이 널을 밀면
물레가 절로 도니
살 끝에 작은 통을
노끈으로 매었으니
그 통이 물을 떠서
돌아갈 제 올라가면
통 아래 말뚝 박아
공중에 나무 매어
그 물이 쏟아져서
말뚝이 걸리면
홈 속으로 드는구나.
물레가 빙빙 도니
빈 통이 내려와서
또 떠서 순환하여
주야로 불식하니
인력을 아니 들여
성가퀴 높은 위에
물이 절로 넘어가서
온 성중(城中) 사람들이
이 물을 받아먹어
부족들 아니 하니
진실로 기특하고

묘함도 묘할시고.

통신사는 일본의 앞선 기술이나 문물에 관심을 가지고 유심히 관찰하였다. 그중 하나가 수차이다. 일본의 수차는 성안으로 이어지는 수로에 강물을 퍼 올리는 구조이다. 수차에 대한 관심은 1429년 통신사로 일본에 간 박서생(朴瑞生)에서부터 보인다. 일본과 중국에 간 사신을 통해 수차의 이로움을 알게 된 조선 조정에서 이후 여러 차례 수차를 보급하려 했지만 조선의 자연조건에는 적합하지 않아 널리 보급되지 않았다. 조선은 강의 수량이 많지 않고 저수지만 설치해도 충분히 농사가 가능한 경우가 많았기 때문이다. 1월 27일 요도가와에서의 일이다.

아무것도 모르는 천황

이십 리 실상사[1] 가
삼사상 조복할 제[2]
나는 내리잖고
왜성[3]으로 바로 가니,
인민이 부려(富麗)하기
대판(大阪)만 못하여도
서에서 동에 가기
삼십 리라 하는구나.
숙소는 봉등사[4]요
오층 문루 위에
여남은 구리 기둥
하늘에 닿았구나.

---

1 실상사(實相寺) : 지금의 교오토 시 미나미 구(南區) 가미토바 나베가후치쵸오(上
   鳥羽鍋ヶ淵町)에 있는 절이다. 일본어로 '짓소오지'라고 한다. 통신사는 오오사
   카에서 배를 타고 요도가와를 거슬러 올라가 교오토로 향했는데 교오토 부근의
   강변에 이 절이 있었다. 이곳에서 쉬면서 옷을 갈아입고 교오토에 들어가는 것이
   관례였다.
2 삼사상 조복(朝服)할 제 : 세 사신이 조복으로 갈아입을 때. 교오토가 일본의 도읍
   이기 때문에 예를 갖추어 관복으로 갈아입었다.
3 왜성(倭城) : 천황이 있는 성, 곧 교오토를 말한다.
4 봉등사 : 통신사가 머물렀던 본국사(本國寺 : 혼코쿠지)를 잘못 말한 것이다. 혼코
   쿠지는 지금의 교오토 시 시모교오 구(下京區) 구로몬도오리 고조오(黑門通五條)
   에 있었다. 1971년에 야마시나 구(山科區)로 이전하였다.

수석도 기절하고
죽수도 유취 있네.[5]
왜황이 사는 데라
사치가 측량 없다.
산세가 웅장하고
물길이 둘렀도다.
옥야[6] 천 리 생겼으니
아깝고 애닲을손
이리 좋은 천부 금탕[7]
예놈의 기물 되어
칭제칭황하고
전자전손하니[8]
개돋 같은 비린 부류
다 모두 소탕하고
사천 리 육십 주를
조선 땅 만들어서
왕화(王化)에 목욕 감겨
예의국 만들고자.[9]

---

5 수석(水石)도 기절(奇絶)하고 죽수(竹樹)도 유취(幽趣) 있네 : 연못의 풍경이 몹시
   빼어나고 대나무 숲도 그윽한 운치가 있네.
6 옥야(沃野) : 비옥한 들.
7 천부(天府) 금탕(金湯) : 비옥한 땅과 견고한 성을 말한다.
8 칭제칭황(稱帝稱皇)하고 전자전손(傳子傳孫)하니 : 황제라 자칭하고 대를 이어 다
   스리니.

삼대[10]를 본받아서
세습하는 법이 있어
물론 현우하고
맏자식이 서는지라[11]
둘째 셋째 나는 이는
비록 영웅호걸이나
범왜(凡倭)와 한가지로
벼슬을 못 하기에
으뜸으로 중을 헤고
그다음 의원이로다.
적이나[12] 잘난 놈은
중 의원 다 된다네.

왜황은 괴이하여
아무 일도 모르고서
병농형정[13] 온갖 것을
관백을 맡겨 두고
간예하는[14] 일이 없어

9   왕화에 목욕 감겨 예의국 만들고자: 유교로 감화하여 예의의 나라로 만들고자.
10   삼대(三代): 중국 고대의 하(夏)·은(殷)·주(周) 시대를 말한다.
11   물론(勿論) 현우(賢愚)하고 맏자식이 서는지라: 현명하고 어리석음을 따지지 않
      고 장남이 왕위를 계승하는지라.
12   적이나: '어지간히'라는 뜻이다.
13   병농형정(兵農刑政): 군사, 농업, 사법, 정치를 말한다.

궁실 화초 치레하고[15]
보름은 재계(齋戒)하고
보름은 주색(酒色)하여
딸이나 아들이나
맏 것이 선다 하네.
시방도 섰는 왜황
여주(女主)라 하는구나.
사행이 들어올 제
굿 본다 하지마는
범왜와 같은지라
몰라보니 애닯도다.

교오토의 번성함을 찬탄한 후에 돌연 일본을 조선 땅으로 만
들겠다고 한 것은 다소 과격하게 들리기도 한다. 그러나 이것
은 군사적 침략이나 정복을 말한 것이 아니라 무사가 다스리
는 일본을 유교로 교화하겠다는 유학자의 의지를 피력한 것이
다. 에도 시대 천황은 실권이 없었으며 막부의 쇼군이 통치하
였다. 이런 이원적 정치 체제는 12세기경 가마쿠라(鎌倉) 막부
때 시작되어 메이지유신까지 약 7백 년간 지속되었다. 원칙적

---

14   간예(干預)하는: 간섭하고 참여하는.
15   궁실 화초 치레하고: 궁궐을 꾸미고 화초를 가꾸고.

으로 조선 국왕과 일본 국왕(천황) 사이에 국서 교환이 이루어
져야 대등한 관계라 할 수 있는데, 실질적 통치자였던 쇼군이
조선 국왕과 국서를 주고받았다. 이런 모순적인 상황을 감추
기 위해 천황이 통신사 행렬을 구경할 때 드러나지 않게 한 것
이다. 1월 28일 교오토에서의 일이다.

제자 되길 청하는 가츠야마(勝山)

가마에 겨우 내려
숨도 미처 못 쉬어서
왜 선비 대엿 놈이
서로 가며 글을 들여
차운하라 보채거늘
종이 펴고 먹을 갈아
담배 한 대 먹을 동안
여덟 수를 내리 쓰니
그중에 전승산[1]이
글 쓰는 양 바라보고
필담으로 써서 뵈되,
"전문[2]에 퇴석 선생[3]
쉬 짓기가 유명터니
선생의 빠른 재주
일생 처음 보았으니

---

1   전승산(田勝山) : 덴 가츠야마. 성은 덴(田), 가츠야마(勝山)는 그 호이다. 미노(美
     濃) 스가(須賀) 출신의 의사이자 유학자로, 계미년 통신사를 만나 시를 수창하였
     다. 필담창화집 『문사여향』(問槎餘響)과 『수복동조집』(殊服同調集)에 관련 시와
     필담이 보인다.
2   전문(傳聞) : 전해 들은 말이라는 뜻이다.
3   퇴석(退石) 선생 : 김인겸을 가리킨다.

엎디어 묻잡나니
필연코 귀한 별호(別號)
퇴석인가 하나이다."
내 웃고 써서 뵈되,
"늙고 병든 둔한 글을
포장을 과히 하니
부끄럽기 가이없다."
승산이 다시 하되,
"소국의 천한 선비
세상에 났삽다가
장(壯)한 구경 하였으니
저녁에 죽사와도
여한이 없다" 하고,
어디로 나가더니
또다시 들어와서
아롱 보에 무엇 싸고
삼목 궤에 무엇 넣어
이마에 손을 얹고
엎디어 들이거늘
받아 놓고 피봉 보니
봉한 위에 쓰였으되
각색 대단 삼단이요
사십삼 냥 은자로다.[4]
놀랍고 어이없어

종이에 써서 뵈되,

"그대 비록 외국이나

선비의 몸으로서

은화를 갖다가서

글 값을 주려 하니

그 뜻은 감격하나

의(義)에 크게 가(可)치 않아

못 받고 도로 주니

허물하지 말지어다."

승산이 부끄러워

백 번이나 칭송하고

고쳐 써서 하온 말이,

"예부터 성현들도

제자의 속수례⁵는

다 받아 계오시니

소생이 이것으로

폐백⁶을 하옵고서

제자 되기 원하나니

---

4   받아 놓고~사십삼 냥 은자로다: 봉해 놓은 봉투의 겉면에 여러 빛깔의 비단 3필
     과 43냥의 은자를 드린다고 쓰여 있었다는 말이다.
5   제자의 속수례(束脩禮): 제자가 되기를 청하면서 사례하는 것을 말한다. '속수'
     는 마른 육포 한 묶음으로 최소한의 사례를 의미한다.
6   폐백(幣帛): 예물을 말한다.

물리치지 마옵소서."
"속수라 하는 것은
포육으로 하는지라[7]
어디서 은 비단으로
폐백을 한단 말꼬.
성현들 계오셔도
받으실 리 만무하고
내 무슨 재덕(才德)으로
그대의 스승 될꼬.
주고받기 다 그르니
잔말 말고 가져가라."
승산이 도로 나가
감자(柑子) 설탕 가지고 와
지성으로 권하기에
조금씩 맛을 보고
행중의 시전지[8]를
열 장으로 답례하다.

---

7   속수(束脩)라 하는 것은 포육(脯肉)으로 하는지라 : 『논어』(論語)에 마른 육포 한
     묶음만 가지고 오면 제자로 받아들였다는 공자의 말이 있다.
8   행중(行中)의 시전지(詩箋紙) : 통신사 짐 속의 시를 쓰는 종이.

통신사와 일본 문사가 한시를 주고받고 필담을 나누는 현장이 생생하게 그려져 있다. 통신사의 제술관과 세 명의 서기는 문학적 재능이 뛰어난 사람을 선발했는데, 이들은 시를 빠르게 잘 지어서 일본 문사의 찬탄을 불러일으켰다. 일본 문사들은 한문을 일본식으로 읽는 훈독의 관습에 익숙하여 시를 짓는 데 서툴렀다. 그래서 통신사가 수많은 일본 문사의 시에 즉석에서 화답시를 지어 돌려주는 것에 감탄한 것이다. 일본 문사들은 종종 답례로 물건이나 돈을 가지고 오기도 했는데, 통신사는 시나 글을 써 주고 과한 사례를 받는 것은 예에 어긋난다고 하여 사양하였다. 일본인의 칭송에도 겸손함을 잃지 않고 조그만 선물에도 반드시 답례를 하는 김인겸의 태도에서 선비의 곧은 성품이 엿보인다. 2월 1일 이마스(今須)에서의 일이다.

홀로 남겨진 밤길

점심 먹고 길 떠나서
이십 리는 겨우 가서
날도 저물고 큰비 오니
길이 질기 참혹하여
미끄럽기 쉬운지라
가마 멘 놈 다섯이
서로 가며 체번하되[1]
갈 길이 전혀 없어
둔덕에 가마 놓고
이윽히 주저하고
갈 뜻이 없는지라
사면으로 돌아보니
천지가 어둑하고
일행들은 간데없고
등불은 꺼졌으니
지척을 불분하고
망망한 대야(大野) 중에
말 못 하는 예놈들만

---

1   체번(替番)하되: 번갈아 한다는 뜻이다.

의지하고 앉았으니

오늘 밤 이 경상(景狀)은

고단하고 위태하다.

가마꾼이 달아나면

낭패가 오죽할까.

그놈들의 옷을 잡아

흔들어 뜻을 뵈고

가마 속에 있는 음식

갖가지로 내어 주니

지저귀며 먹은 후에

그제야 가마 메고

촌촌(寸寸)이 전진하여

곳곳이 다 이러하니

만일 음식 없었다면

반드시 도주할세.

삼경 즈음 겨우 하여

대원성(大垣城)²을 들어가니

두통하고 구토하여

밤새도록 대통(大痛)하다.

닭 울 때에 한흥이³가

2   대원성(大垣城): 교오토에서 나고야(名古屋)로 가는 도중에 위치한 오오가키 번
      (大垣藩)을 말한다. 지금의 기후 현(岐阜縣) 오오가키 시(大垣市) 일대이다.

겨우 들어왔으되
침구는 떨어져서
못 미쳐 왔는지라
임 도사,[4] 오 선전[5]의
천의[6]를 빌려 덮다.
이날 낭패하기는
일행이 다 그러해
육십 리 와 점심 먹고
또 오십 리 와 있으니
오늘 온 길 헤어 보니
백십 리는 되는구나.

히코네(彦根)에서 오오가키(大垣)로 가기 위해서는 스리바리
(磨針) 고개를 넘어야 했다. 폭우가 쏟아지고 날마저 저무니 김
인겸을 태운 가마꾼들은 산속에서 가마를 내려놓고 움직이려
하지 않았다. 일행과 떨어져서 홀로 남겨진 김인겸은 기지를
발휘해 가마꾼에게 먹을 것을 주면서 격려하여 한밤중에야 겨

---

3   한흥이: 김인겸의 종 이름이다.
4   임 도사(任都事): 임흘을 말한다. 삼방 소속의 군관이다.
5   오 선전(吳宣傳): 삼방 소속 군관 오재희를 말한다. 이전 관직이 선전관(宣傳官)
     이었다.
6   천의(薦衣): 이불 속에 덮는 얇고 작은 이불인 처네를 말한다.

우 오오가키에 도착하였다. 추운 날씨에 긴장 속에서 비바람을 맞으며 추위에 떠는 바람에 병이 나기까지 하였다. 낯선 이국땅을 장기간 여행하는 것이 얼마나 힘든 일인지 통신사행의 고충을 알 수 있는 대목이다. 2월 1일 이마스에서 오오가키로 가는 도중의 일이다.

배다리

초이일 대마도주
봉행으로 말 보내되
어제 비에 대수(大水) 져서
교량이 다 떴으니
오늘 고쳐 중수하고
내일이야 가리라네.
가번장로 이정승[1]이
각각 예물 보내었네.
우리도 부채 붓 먹
답례하여 보내니라.
내 병은 채 못 낫고
왜시(倭詩)는 무수하니
수응(酬應)하기 어려우나
지어 줄밖 할 일 없다.

초삼일 인시 말[2]에

---

1   가번장로(加番長老) 이정승(以酊僧): '가번장로'는 막부에서 파견한 승려를, '이
    정승'은 막부가 쓰시마의 이테이안(以酊庵)에 파견한 승려를 말한다. 가번장로의
    이름은 승첨(承瞻)으로 통신사는 첨장로라고 부르기도 했다. 이정승은 용방(류우
    호오) 장로를 가리키는 것으로 보인다.

정사상³의 뒤를 따라

기천⁴을 건너갈새

물 크기 강만 하고

기소산⁵서 발원하여

남으로 수백 리 가

바다로 든다 하네.

우후에 대창하니⁶

배다리 놓았는데

백여 척 배를 모아

물 가운데 닻을 주고

느런히⁷ 세워 놓고

그 위에 널을 깔고

다래 덩굴 칡덩굴

세 겹으로 밧줄 꼬아

다리만큼 크게 하여

널 머리를 지지르고⁸

---

2   인시(寅時) 말: 새벽 5시경을 말한다.

3   정사상(正使相): 통신사 정사(正使)로, 조엄을 가리킨다.

4   기천(起川): 나가노 현(長野縣)에서 발원하여 나고야(名古屋) 부근을 지나 이세
     만(伊勢灣)으로 흘러드는 기소가와(木曾川)의 하류이다.

5   기소산(木曾山): 기소야마(木曾山)를 말한다. 지금의 나가노 현 기소 군(木曾郡)
     산림지대의 옛 이름이다.

6   우후(雨後)에 대창(大漲)하니: 비가 온 후 물살이 크게 불어.

7   느런히: 죽 벌여서.

8   널 머리를 지지르고: 널빤지 양쪽을 다리 굵기로 꼰 밧줄로 내려 눌러 고정시켰

팔뚝만 한 쇠사슬과

크고 큰 짚 동아줄

한가지로 눌러 놓고

쇠못을 박았으며

밧줄로 매었으니

그 위로 뭇 인마(人馬)가

평지처럼 건너가니

이렇게 큰 다리를

또 둘을 건너가니

팔십 척도 들었으며

칠십 척도 들었구나.

주고천[9] 건너가니

한결같이 배다리네.

나고야에 입성하기 전에 기소가와를 건너야 하는데, 간밤의
비로 강물이 크게 불어나 미리 가설해 놓은 배다리가 부서졌
다. 이를 고치느라 통신사는 하루를 더 머물게 되었다. 앞서 수

다는 뜻이다.

9   주고천(洲股川): 일본어는 '스노마타가와'이다. 스노마타가와(墨俣川)라고도 한
     다. 지금의 나가라가와(長良川)의 옛 이름으로, 기후 현과 아이치 현(愛知縣)의
     경계가 되는 강이다. 주고천을 건넌 다음 기천을 건넜는데 김인겸이 순서를 착각
     하여 기록한 것으로 보인다.

차에 대해 자세히 기록했던 것처럼 여기서도 김인겸은 배다리의 만듦새를 상세하게 묘사하고 있다. 일본의 문물에 대한 관심을 엿볼 수 있다. 2월 2일과 3일 오오가키에서 나고야로 가는 도중의 일이다.

황홀한 나고야 여인

육십 리 가 명호옥[1]을
초경 말[2]에 들어오니
번화하고 장려하기
대판성과 다름없다.
밤빛이 어두워서
비록 자세 못 보아도
산천이 광활하고
인구가 번성하며
전답이 기름지고
가사의 사치하기
일로에 제일이라.[3]
중원에도 흔치 않으니
우리나라 삼경[4]을
갸륵하다[5] 하건마는

---

1   명호옥(名護屋) : 지금의 나고야(名古屋)를 말한다.
2   초경(初更) 말 : 초경은 저녁 7시에서 9시 사이이고 초경 말은 밤 9시가 되기 직전
     을 말한다.
3   가사(家舍)의 사치하기 일로(一路)에 제일이라 : 건물이 사치스러운 것이 오가는
     길에 본 중에 제일이다.
4   삼경(三京) : 개성, 평양, 한양을 말한다.
5   갸륵하다 : 성대하다는 뜻이다.

예 비하여 보게 되면
매몰하기[6] 가이없네.
서시[7]가 처음으로
여기 도읍하였기에
칠서[8]도 그저 있고
서복사[9]도 있다 하네
아무덴 줄 모르기에
못 가 보니 애닯구나.

인물이 맑고 고와
연로에 으뜸일다.
그중에 계집들이
다 몰수 일색이라
샛별 같은 두 눈매와
주사[10] 같은 입술과
잇속은 백옥 같고

---

6   매몰하기 : 쓸쓸하기.
7   서시(徐市) : 서불(徐市)을 말한다. '시'와 '불'이 글자가 비슷하여 착각한 것이다.
     서불은 서복(徐福)이라고도 하며 진시황의 명령으로 불로초를 찾아 동쪽으로 갔
     다가 한반도를 거쳐 일본으로 가서 나라를 세웠다는 전설이 전한다.
8   칠서(漆書) : 옻 글씨라는 뜻으로, 종이가 발명되기 전에는 갈대 끝에 옻을 찍어
     대나무를 쪼갠 죽간(竹簡) 위에 글을 썼다. 조선 문사들은 칠서로 쓰인 고대의 유
     교 경전이 일본에 남아 있다고 생각했다.
9   서복사(徐福祠) : 서불을 모신 사당을 말한다.
10   주사(朱砂) : 진한 붉은빛의 광석으로, 안료로 쓰인다.

눈썹은 나비 같고

삐오기[11] 같은 손과

매미 같은 이마

얼음으로 새겼으며

눈으로 뭉쳐낸 듯

사람의 혈육으로

저리 곱게 생겼는고.

조비연, 양태진[12]을

만고에 일컬으나

예다가 놓았으면

응당히 무색하리.

월녀천하백[13]이

진실로 옳을시고

우리나라 복색으로

칠보장엄하여[14] 내면

신선인 듯 귀신인 듯

---

11 삐오기: 띠의 어린 꽃이삭인 삘기를 말하는 것으로 보인다.

12 조비연(趙飛燕), 양태진(楊太眞): 조비연은 한(漢)나라 때의 미녀로 황후가 되었
고, 양태진은 당 태종의 후궁인 양귀비를 말한다. 두 사람 모두 절세의 미녀로 일
컬어졌다.

13 월녀천하백(越女天下白): 월나라 미녀 서시(西施)의 미모가 천하제일이라는 뜻으
로 두보(杜甫)의 시「장쾌한 여행」(壯遊)에서 나오는 구절이다. 나고야 여인의 아
름다움을 서시에 비유한 것이다.

14 칠보장엄(七寶莊嚴)하여: 일곱 가지 보석으로 아름답게 꾸민다는 말이다.

황홀난측[15]하리로다.

오늘날 나고야는 도오쿄오(東京)와 오오사카에 이은 제3의 도시인데 에도 시대부터 몹시 번성했다. 김인겸은 도시의 번성함과 물산의 풍부함이 중국에 비해서도 흔치 않고 한양, 개성, 평양에 비해서도 훨씬 더하다고 찬탄하고 있다. 김인겸은 상상력을 한껏 발휘하여 일본 여인의 아름다운 얼굴을 비유적인 표현으로 자세히 묘사하였다. 2월 3일 나고야에서의 일이다.

---

15   황홀난측(恍惚難測) : 황홀하기가 헤아릴 수 없다는 말이다.

금덩이 내버린 금절하(金絶河)

사십 리 겨우 와서
바닷가에 내달으니
물빛과 하늘빛이
만 리에 가이없어
마도, 일기¹ 바다보다
크고 멀고 푸르니
부상국과 대인국²이
멀지 아니하리로다.
또 십 리 황정³ 가서
점심 먹고 내달으니
전참 인마⁴ 도로 가고
하나도 없는지라
소위 금절하⁵가

---

1   마도(馬島), 일기(壹岐) : 쓰시마와 이키노시마를 말한다. 둘 다 조선과 일본 사이
    에 있는 섬이다.
2   부상국(扶桑國)과 대인국(大人國) : 중국 문헌에 동쪽 바다를 건너면 해가 뜨는 부
    상국과 거인이 사는 대인국이 있다는 기록이 있다.
3   황정(荒井) : 일본어로 '아라이'. 지금의 시즈오카 현(靜岡縣) 고사이 시(湖西市)
    아라이쵸오(新居町)이다.
4   전참(前站) 인마(人馬) : 앞 역참에서 함께 온 사람과 말.
5   금절하(金絶河) : '금절하'의 이름의 유래는 이 시의 해설 참조.

두 솔바탕 겨우 하니

일행의 명무[6]들이

다 주어[7] 걸어가되

우리는 가마 타고

앞 역참에 가는지라

물가에 다다르니

작은 배가 무수하매

나하고 이언진[8]이

한 배 타고 건너가니

풍세(風勢)가 맹렬하여

매우 심히 괴로우되

물 깊이 반 길이라

이것이 기쁘도다.

강 넓이 십여 리요

건너짝 좌우편에

돌로 언덕을 높이 쌓고

십여 리나 거의 한데

그 속으로 배를 띄워

---

6 명무(名武) : 통신사를 호위하는 군관을 말한다.

7 다 주어 : '모두'라는 뜻이다.

8 이언진(李彦瑱) : 1740~1766. 자는 우상(虞裳), 호는 송목관(松穆館)으로 한학압
물통사로 사행에 참여하였다. 조선에서 천재 시인으로 이름을 떨쳤는데 통신사
행을 통해 일본에까지 그 명성이 알려졌다. 당시의 필담과 창화시가 『앙앙여향』
(泱泱餘響), 『송암필어』(松菴筆語) 등에 수록되어 있다.

삿대로 질러 가니
김동명9 여기 와서
예놈 주던 금과 은을
물속에 다 던지고
빈손으로 돌아오니
옛사람의 맑은 바람
뉘 아니 흠모하리.

금절하는 지금의 시즈오카 현에 위치한 이마기레구치(今切口)
라는 곳이다. 바다에 인접한 석호(潟湖)인 하마나 호(濱名湖)
는 1498년 대지진에 의한 쓰나미로 바다와 연결되었는데, 바
다로 통하는 입구를 이마기레구치라고 한다. '이마기레'(今切)
의 한국어 음이 '금절'인데, 통신사는 금을 버린 강이라는 뜻의
'금절하'(金絶河)라고 부르기도 했다. 1636년 통신사행 때 당시
부사였던 김세렴이 일본에서 받은 금을 이곳에 버렸기 때문이
다. 당시 막부는 에도의 전별연에서 남은 음식과 기물을 금으
로 환산해서 지급했는데 통신사는 그 금액이 너무 커서 예에
어긋난다고 생각했다. 그러나 받지 않고 돌려주는 것도 상대

---

9   김동명(金東溟): 1636년 통신사행 때의 부사 김세렴(金世濂, 1593~1646)을 말한
    다. 자는 도원(道源), 동명(東溟)은 그 호이다. 김세렴이 지은 『해사록』(海槎錄)의
    1월 10일 조에 일본에서 받은 금을 금절하에 던졌다는 기록이 보인다.

방의 호의를 무시하는 처사이기에 돌아오는 길에 이마기레의 얕은 물에 던져서 통신사를 수행하는 쓰시마 사람들이 건져 갈 수 있도록 했다. 선물을 함부로 버리는 외교적 결례를 피하면서도 통신사가 재물을 탐하지 않는다는 것을 일본 측에 보여 주는 묘안이라 할 수 있다. 2월 6일 이마기레구치에서의 일이다.

하코네(箱根)에서 보는 후지 산(富士山)

십이일 해 돋은 후

대풍에 출발하여

큰 다리 하나 지나

이윽히 잠깐 쉬어

오십 리 삼도¹ 가니

날이 많이 늦은지라

부사산² 밑이로되

운무(雲霧)가 담뿍 끼어

진면목을 못 볼러니

구름 걷고

비 갠 후에

아침에 바람 부니

백련화 한 송이가

반은 핀 모양이요

흰 눈이 우뚝하여

---

1 삼도(三島) : 일본어로 '미시마'라고 한다. 지금의 시즈오카 현 미시마 시(三島市)
  일대이다.

2 부사산(富士山) : 일본어로 '후지산'이라고 한다. 야마나시 현(山梨縣)과 시즈오
  카 현에 걸쳐 있는 거대한 활화산으로 해발 3,776미터에 달한다. 예로부터 일본
  을 상징하는 산으로 신성시되었으며 예술 창작의 원천이 되기도 했다.

몇 길이 쌓였는지

검은 데가 전혀 없어

혼후(渾厚)하고 고대(高大)하여

구름 하늘 닿았으니

기관(奇觀)이라 하려니와

전 사람의 일기와는

여러 층 떨어지되

여기 사람 기리기는

천하 명산 중에

비할 데 없다 하니

정중와[3]나 다를손가

용렬하고 가소롭다.

(…)

예서부터 상근령[4]을

사십 리를 올라가니

송삼(松杉)이 우거지고

대나무가 빽빽하여

영(嶺)은 그리 험치 않고

이따금 마을 있네.

---

3   정중와(井中蛙): 우물 안 개구리라는 뜻이다.
4   상근령(箱根嶺): 지금의 가나가와 현(神奈川縣)에 있는 하코네 산(箱根山)을 말한
    다. 해발 1,438m의 높은 산으로 정상 부근에는 관소(關所)가 있어 에도에 출입하
    는 사람을 통제했다.

이십 리 다옥[5]에서
잠깐 쉬어 올라가니
음식 파는 계집들이
찻그릇 손에 들고
무엇이라 지저귀며
따라오며 사라 하네.
이십 리 또 올라서
영 위에 앉아 보니
어제는 부사산이
그리 높지 않더니
높이 올라 바라보니
배가 넘어 더 높으니
대저한 지상 영이
아국을 의론하면
조령과 상하하되[6]
예서 부사산 바라보니
서너 층이 더한지라
백 리나 남짓하다
해동의 명산 중에

---

5   다옥(茶屋): 일본어는 '챠야'이다. 길가에서 차와 다과, 음식을 판매하는 휴게소
     를 말한다. 술과 성을 파는 곳도 있었다.
6   대저(大抵)한 지상(地上)~조령(鳥嶺)과 상하(上下)하되: 대체로 보건대 지상에 있
     는 고개 가운데 우리나라 것을 가지고 논하자면 문경새재(조령)와 상하를 다투되.

제일이라 하리로다.

태평양 연안을 따라 에도로 가는 길에 본 후지 산의 모습이다. 평지에서 본 후지 산은 구름 속으로 우뚝 솟아 있고 흰 눈이 내려 마치 새하얀 연꽃같이 아름다웠다. 그런데 김인겸은 기이한 볼거리이기는 하나 전대 사람들의 기록이 너무 과장되었고 일본인들의 칭송은 우물 안 개구리라고 냉정하게 평가하였다. 그러나 산 정상에 올라서 본 후지 산의 자태는 또 다른 모습으로 다가왔다. 김인겸도 끝내 후지 산이 일본의 이름난 산들 가운데 제일이라 인정하지 않을 수 없었다. 산을 오름에 따라 보이는 풍경이 달라지고 후지 산에 대한 인상 또한 조금씩 변해 가는 과정을 흥미롭게 서술하였다. 2월 12일과 13일 미시마(三島)에서 하코네 산에 이르는 동안의 일이다.

깊고 푸른 하코네 호수

영(嶺) 북편 돌아보니
상근택¹ 물이 있어
호호하고 탕탕하여²
장관이 칠십 리라.
이리 높은 산꼭대기에
이러한 크나큰 물
바다처럼 깊고 멀어
그 빛이 짙푸르러
남도 바다 마치 같고³
어별해합⁴ 갖춰 있고
왕래하는 돛단배가
이리 가고 저리 가니
장함도 장할시고
천지간 기관(奇觀)일다.
우리나라 공갈못⁵을

---

1   상근택(箱根澤): 하코네 산 정상의 호수인 아시노코(芦ノ湖)를 말한다.
2   호호(浩浩)하고 탕탕(蕩蕩)하여: '호호'와 '탕탕'은 모두 물이 넓은 모양을 가리 키는 말이다.
3   남도(藍島) 바다 마치 같고: 남도는 일본어로 '아이노시마'이다. 하코네 호수의 모습이 마치 규우슈우의 아이노시마에서 본 바다 같다는 말이다.
4   어별해합(魚鼈海蛤): 물고기, 자라, 조개를 말한다.

장하다 하거니와

여기 비겨 보게 되면

발자취 물과 다를쏘냐.

백두산 대택수[6]와

한라산 백록담이

이와 어떠한작신고

아무려나 대단하다.

관소로 내려가니

호수를 등지고서

여염이 즐비하니

절승지(絕勝地)라 하리로다.

점심 먹고 내달으니

왼편으로 호수 끼고

영으로 내려갈새

묏불이 일어나서

바람이 장한지라

불길이 뫼를 덮어

번개처럼 나는 듯이

---

5   공갈못: 지금의 경상북도 상주군 함창면에 있는 공검지(恭儉池)를 말한다. 고령
     가야국 시대에 축조된 저수지로 조선 시대에는 둘레가 5km에 달했다.

6   대택수(大澤水): 큰 못의 물이라는 뜻으로, 백두산 천지를 말한다.

사면으로 불어오니

길에서 지척이라

화염이 창천[7]하니

만일 더디 가게 되면

타 죽기 쉬운지라

가마꾼을 재촉하여

급급히 내려갈새

삼십 리 겨우 가니

금양산[8]이 아래로다.

하코네 산의 정상에는 에도에 드나드는 사람들을 검문하기 위한 관소(關所)가 설치되어 있었고 주변으로 마을이 형성되어 있었다. 이곳은 서쪽에서 에도로 넘어오는 길목으로 군사적 요충지이기도 했다. 산 위에는 둘레가 약 21km에 이르는 아시노코라는 칼데라 호수가 있으며 경치가 무척 아름답다. 지금은 도오쿄오 근교의 온천 휴양지로 많은 사람이 찾는 관광 명소이기도 하다.

---

7   창천(漲天): 하늘에 퍼져 가득하다는 뜻이다.
8   금양산: 금탕산(金湯山: 긴토오잔)을 잘못 쓴 것이다. 하코네 산을 내려온 곳에
     있는 사찰 소오운지(早雲寺)의 산호(山號)가 긴토오잔이다.

5장

후지 산의 만년설

— 에도

에도 막부

십육일 우비 입고
에도(江戶)로 들어갈새
왼편은 여염이요
오른편은 대해로다.
피산대해[1]하여
옥야천리[2] 생겼는데
누대제택[3] 사치함과
인물남녀 번성함과
성가퀴 웅장한 것과
교량주즙[4] 기특한 것
대판성, 서경[5]보다
삼 배나 더하구나.
좌우에 굿 보는 이
하 장하고 무수하니
서투른 붓끝으로

---

1   피산대해(避山對海) : 산을 피하여 바다를 마주 대하고 있다는 뜻이다.
2   옥야천리(沃野千里) : 비옥한 들판이 천 리에 이른다는 뜻이다.
3   누대제택(樓臺第宅) : 누각과 저택을 말한다.
4   교량주즙(橋梁舟楫) : 다리와 배를 말한다.
5   대판성(大阪城), 서경(西京) : 대판성은 오오사카를, 서경은 서쪽의 수도라는 뜻으로 교오토를 가리킨다.

이루 다 기록 못 할로다.

삼십 리 오는 길에

빈틈없이 메웠으니

대체로 헤아리면

백만으로 여럿일세.

여색의 미려하기

명호옥(名護屋)과 일반일다.

실상사(實相寺)로 들어가니

여기도 무장주[6]일세.

처음에 원가강[7]이

무장주 태수로서

평수길이 죽은 후에

영 가포[8]도 없이하고

이 땅에 도읍하여

강하고 가음열며[9]

배포가 신밀하고[10]

---

6   무장주(武藏州) : 일본어로 '무사시 주'이다. 지금의 도오쿄오 도와 사이타마 현
    (埼玉縣), 가나가와 현 일부를 포함하는 지역을 가리키는 말이다.
7   원가강(源家康) : 에도 막부를 개창한 도쿠가와 이에야스(德川家康)를 말한다. 미
    나모토(源)는 이에야스의 본성(本姓)이다.
8   가포(價布) : 가포는 부역 대신 바치는 베이다.
9   가음열며 : 부유하게 되었다는 뜻이다.
10 배포가 신밀(愼密)하고 : 배포가 신중하고 빈틈이 없고.

법령도 엄중하여

지혜가 몹시 깊어

왜국을 통일하니

아뭏거나 무리 중에

영웅이라 하리로다.

가강이 죽은 후에

자손이 이어 서서

이때까지 누려 오니

복력이 갸륵하다.[11]

도요토미 히데요시가 일본을 통일하고 임진왜란을 일으키는
동안 관동 지방에서 세력을 키운 도쿠가와 이에야스는 히데요
시가 죽은 후 마침내 권력을 차지하고 에도(江戶: 지금의 도오
쿄오)에 막부를 열고 새로 도시를 건설했다. 막부(幕府)는 원
래 전장에서 장군이 거처하는 군막을 말하는데, 에도 시대는
무사가 통치하였기에 에도 막부라고 부르기도 했다. 당시 사
람들은 천황이 있는 교오토를 서쪽 수도라는 뜻에서 서경(西
京)이라고 불렀고, 막부가 있는 에도는 동쪽의 수도라 하여 동
경(東京)이라 불렀다. 그러나 정치적인 실권은 막부의 쇼군이

---

11   복력(福力)이 갸륵하다: 에도 막부가 번성함을 이어 왔으니 그 복이 가상하다는
     뜻이다.

쥐고 있었고 천황은 허수아비에 불과했다. 무사 정권의 통치 아래 일본은 전례 없는 번영을 누렸으며, 18세기에 이르러 에도는 인구가 약 백만 명에 이르는 대도시로 성장하였다. 2월 16일 에도에 들어가면서 본 광경을 적은 글이다.

나바 로도오(那波魯堂)와의 만남

이십육일 노당[1] 와서
밤들도록 필담하다.
이후부터 날마다 와
온갖 말 다 하는데
위인이 강개하고
행동거지 경솔하되
박람강기[2]하고
총명 영리하여
보던 중 제일이요
우리에게 정이 많아
속이는 말이 없고
심열성복[3]하여
따라간다 하며
날마다 와 보채니
그 뜻이 기특하되

---

1   노당(魯堂) : 나바 로도오(那波魯堂, 1727~1789)를 말한다. 처음에 주자학을 비
     판한 고학(古學)을 배웠으나 통신사를 만날 무렵 주자학으로 전향하였다. 주자학
     을 신봉하는 통신사와 깊은 친교를 맺었다.
2   박람강기(博覽强記) : 두루 읽고 잘 기억한다는 뜻이다.
3   심열성복(心悅誠服) : 기쁜 마음을 가지고 진심으로 따른다는 뜻이다.

국법에 구애하여
못 데려 내어 오니
애닯고 불쌍하다.
제 나라 말 물어보니
불치불탄[4]하고
"여섯 고을 태수들이
땅도 크고 강성키에[5]
백관이 염려하여
무서워한다" 하네.

나바 로도오는 주자학을 존숭한 나머지 통신사를 따라 조선에
가고 싶다고 말하였다. 언어와 국가를 초월하여 주자학이 제시
하는 보편적인 가치에 공감했기 때문이다. 조선은 주자학의 원
리에 의거해 유학자가 정치의 주체가 될 수 있었으나 일본은
무사가 다스리는 사회였기에 유학자의 사회적 신분이 낮았으
며 정치에 참여할 기회도 거의 없었다. 그래서 일본 유학자들
은 조선을 부러워하기도 했다. 2월 26일 에도에서의 일이다.

---

4   불치불탄(不恥不憚) : 부끄러워하거나 거리낌이 없다는 뜻이다.
5   여섯 고을~크고 강성키에 : 에도 시대 일본에는 2백여 개의 번이 존재했는데, 도
    쿠가와 가문의 친족이 다스리는 유력한 여섯 번을 친번(親藩)이라 불렀다. 오와
    리 번(尾張藩), 기이 번(紀伊藩), 미토 번(水戶藩)에 더하여 가와고에 번(川越藩),
    아이즈 번(會津藩), 하마다 번(濱田藩)이 여기에 해당한다.

국서를 받들고 오른 에도 성

이십칠일 비 오는데
국서(國書)를 전하올새
사신네는 조복 입고
군관들은 군복 입고
문사와 역관들은
관복을 갖추고서
사신네 타신 남여(藍輿)
하졸(下卒)로 메이시고
기물과 연주하기
육행례¹로 가오시되,
내 혼자 생각하니
내 몸이 선빈지라
부질없이 들어가서
관백에게 사배(四拜)하기
욕되기 가이없어
아니 가고 누웠으니
사신네 하시오되,

---

1   육행례(六行禮) : 통신사 행렬에서 악공이 여섯 명씩 열을 지어 음악을 연주하는
     것을 말한다. 정사·부사·종사관에 각각 6명의 악공이 배속되었다.

"예까지 와 있으니
한가지로 들어가서
굿 보고 오는 것이
해롭지 아니하니
있지 말고 가자" 커늘
내 웃고 하온 말이,
"국서 모신 사신네는
부끄럽고 통분하나
왕명을 전하오니
하릴없어 가려니와
글만 짓는 이 선비는
굿 보려고 들어가서
개 같은 예놈에게
배례하기 초심되니²
아무래도 못 갈로다."
사신네 하릴없어
웃으시며 하오시되,
"저리하고 돌아가서
좋은 체 혼자 마소."
"좋으란 것 아니오라
사리가 그러하오."

---

2   배례하기 초심(焦心)되니: 절을 할 생각에 애가 끓으니.

무사히 전명하고[3]
황혼에 돌아왔네.

통신사가 조선 국왕의 국서를 쇼군에게 전달하기 위해 에도 성으로 출발하는 장면이다. 통신사를 호위하는 군인, 음악을 연주하는 악공, 국서를 모신 가마, 삼사가 탄 가마, 말을 탄 인원, 도보로 이동하는 짐꾼 등 수백 명이 장대한 행렬을 이루었다. 김인겸은 특별한 임무를 맡은 것도 아닌데 단지 구경삼아 에도 성에 가서 쇼군에게 절을 하는 것을 치욕스럽게 생각하여 사신이 함께 가기를 거듭 권하는데도 완강하게 거절하였다. 일본을 오랑캐로 멸시하는 시각이 드러나는데, 그 이면에는 임진왜란의 원흉이라는 역사적 기억과 더불어 무사가 무력으로 통치하는 일본 사회에 대한 불신이 자리하고 있는 것으로 보인다. 2월 27일 에도에서의 일이다.

---

3   전명(傳命)하고: '전명'은 명을 전한다는 뜻으로, 조선 국왕의 국서를 쇼군에게
     전달했음을 말한다.

진중치 못한 쇼군

시온(時韞)을 가서 보고
자세히 물어보니,
"오던 길로 도로 가서
쉰다섯 정문 지나
다리 넷과 성문 셋을
차례로 지나가서
관백 궁에 다다르니
제일문 다리 위에
하마패[1] 세웠기에
상관들 하마하고
군물고취[2] 머무르고
담뱃대도 금하는고.
제이문 제삼문에
가마 탄 이 다 내리고
제사문 제오문에
사신네 하교[3]하니

---

1   하마패(下馬牌) : 말에서 내리라는 표시이다.
2   군물고취(群物鼓吹) : 의장대가 든 깃발, 창 등 여러 기물과 악대의 악기를 아울러
    가리키는 말이다.
3   하교(下轎) : 가마에서 내린다는 뜻이다.

관반[4] 둘, 목부[5] 둘과

장로 둘 마주 나와

읍하여 들어가니

짚 행보석[6] 깔았으며

제육문 제칠문에

돗 행보석이로구나.

널 계단 올라가서

유지간[7]에 들어가니

사신네 외헐소[8]요

한 뿔 사모 홍의자요[9]

나무신 같은 것을

거꾸로 썼는 이와

발 벗고 앉았는 이

그 수가 많더구나.

내헐소로 들어가니

솔 그린 집이로다.[10]

---

4 관반(館伴): 통신사를 접대하는 관직을 말한다.
5 목부(目付): 일본어는 '메츠케'로, 감찰을 맡은 관직이다.
6 행보석(行步席): 귀빈을 맞이할 때 까는 긴 돗자리를 말한다.
7 유지간(柳之間): 일본어는 '야나기노마'인데 '버드나무 방'이라는 뜻으로 에도 성 본전에 있다. 미닫이문에 버드나무(柳)가 그려져 있어 이렇게 부른다. 당시 조선 국왕의 국서를 안치하는 방으로 사용했다.
8 외헐소(外歇所): 안채 바깥쪽에 사신이 머무는 공간을 말한다.
9 한 뿔 사모(紗帽) 홍의자(紅衣者)요: 외뿔 모양의 검은 모자와 붉은 옷을 입은 사람이요.

(…)

국서를 모시고서

들어가 사배하고

사례단[11] 드리고서

또 배례하온 후에

관백연[12]에 또 절하고

하직할 제 또 절하니

전후에 넷 사배(四拜)일세.

당당한 천승국이

예관 예복 갖추고서

머리 깎은 추류에게

사배하기 어떠할꼬.[13]

퇴석의 아니 온 일 부럽기가 측량없네.

(…)

관백이 앉은 데가

멀고 어두워서

---

10 내헐소로 들어가니 솔 그린 집이로다: 내헐소는 사신이 머무는 안쪽 공간을 말한다. '솔 그린 집'은 '마츠노마'(松の間)로 소나무가 그려진 문이 있는 '소나무 방'을 말한다.

11 사례단(謝禮單): 국서와 함께 보내는 선물의 목록을 말한다.

12 관백연(關伯宴): 쇼군이 주최하는 연회를 말한다.

13 당당한 천승국(千乘國)이~사배하기 어떠할꼬: 천승국은 제후국을 말한다. 추류(醜類)는 문명화되지 않은 일본을 얕잡아 부르는 말이다. 일본은 중국과 외교 관계를 맺지 않았기에 문명권의 외부에 존재하는 오랑캐로 간주되었다.

얼굴은 못 보아도

흰옷을 입었더군.

사신네 앉은 데는

가깝고 오랜지라[14]

자세히 바라보니

낯이 작고 턱이 빨고[15]

정신은 있어 뵈나

거동이 경박하고

머리를 흔덕이며

접책[16]을 뒤적이고

첨시[17]를 자주 하여

진중치 아니하고

전후에 예닐곱 놈

모시고 앉았구나."

전명식(傳命式)에 참석하지 않겠다고 고집을 부렸던 김인겸
도 그 광경이 무척 궁금했던 듯하다. 제술관 남옥을 찾아가 통

14   가깝고 오랜지라 : 쇼군이 앉은 자리와 거리가 가깝고 오랜 시간 머물렀음을 뜻한
     다.
15   빨고 : 뾰족하고.
16   접책(摺冊) : 병풍처럼 접어서 보는 서화나 책자를 말한다.
17   첨시(瞻視) : 이리저리 돌아본다는 뜻이다.

신사 행렬이 에도 성에 들어가는 광경과 전명식 및 쇼군의 모습 등을 자세히 물어 기록하였다. 시온(時韞)은 남옥의 자이다. 에도 성은 여러 겹의 해자로 둘러싸여 있었는데 해자마다 여러 개의 다리와 문이 설치되어 있었다. 통신사 행렬은 의장대, 악대, 군관, 사신, 통역관, 제술관, 서기, 의원, 사자관 등 3백 명 가까이 되었다. 이들은 직위에 따라 에도 성 안에 설치된 여러 문 앞에서 대기하였고 사신과 통역관, 서기 등이 에도 성의 본전까지 국서를 가지고 들어가서 쇼군에게 전달하였다. 당시 조선은 유학의 이념과 제도에 따라 다스려지는 문치(文治) 국가였던 데 비해 일본은 무사의 지배하에 놓인 무가 사회였다. 조선 문사의 입장에서 이것은 야만의 상태와 다름없었기에 쇼군에게 예를 취하는 것을 굴욕적이라 생각했다. 남옥이 쇼군의 모습을 다소 편견에 찬 시각으로 묘사한 것도 이러한 이유에서이다. 이때의 쇼군은 에도 막부의 제10대 쇼군(재위 1760~1786)인 도쿠가와 이에하루(德川家治, 1737~1786)이며, 2월 27일 에도에서의 일이다.

에도 성의 연회

연향청¹에 나앉으니
일곱 상 들이고서
밥 세 번 가져오고
물 세 번 치는구나.
안주를 세 번 갈고
차 한 번 드리고서
가화(假花) 한 쌍 들여오니
진무²와 한가지라.
음식이 기괴하여
하저할 것 전혀 없네.³
누각과 전무⁴ 들은
단청은 아니 하고
기둥, 도리, 서까래에
다 모두 도금하고
집 위에 인 기와가

---

1 연향청(宴饗廳) : 연회를 베푸는 건물이다.
2 진무(振舞) : 풍악을 울리고 춤을 춘다는 뜻이다.
3 하저(下箸)할 것 전혀 없네 : '하저'는 젓가락을 댄다는 뜻으로, 먹을 만한 것이 전
   혀 없다는 말이다.
4 전무(殿廡) : 규모가 큰 건물을 말한다.

구리 같은 것이로다.
정원이 몹시 좁고
각도(閣道)도 어두워서
별로 사치 아니하되
정교하고 치밀하며
재목에 무늬 있고
미끄러울 따름일세.

전명식이 끝난 후에 베풀어진 연회를 묘사한 장면이다. 앞서
오오사카에서 베풀어진 연회와 마찬가지로 7·5·3선(膳)의 최
상급 요리가 제공되었다. 이 중에는 의례용으로 화려하게 꾸
몄으나 실제로는 먹지 못하는 것도 포함되어 있었다. 2월 27일
에도에서의 일이다.

회답서 수정 요구

회답서 초한 것을
얻어다가 들이거늘
사신네와 내려 보니
거슬린 데 많은지라
주선하여 고치라고
수역(首譯)에게 분부하다.
초이일 청명하여
삼수역 와 아뢰되
기번실[1]이 태학[2] 보고
답서 고칠 말을 하니
벌써 입계[3]하였기에
고치지 못한다네.
삼사상 들으시고
민망하고 근심터니

---

1   기번실(紀蕃實): 쓰시마에서 에도까지 통신사를 수행한 쓰시마의 서기. 자세한
     내용은 이 책 93면 참조.
2   태학(太學): 태학두(太學頭) 하야시 호오코쿠(林鳳谷, 1721~1774)를 가리킨다.
     태학두는 막부에 고용된 유학자로 유교 경전을 강의하거나 외교와 관련된 문서
     를 담당했다. 하야시 가문이 대대로 태학두의 지위를 세습하였다.
3   입계(入啓): 임금에게 글을 올리는 것을 말한다. 여기서는 조선에 보낼 답서를 쇼
     군에게 이미 보였다는 뜻이다.

태학두 부자4 놈이
"오늘 우리 보려 하고
식후에 온다" 듣고,
사신네 하오시되
"글 짓고 필담할 때
고칠 뜻 조금 뵈소."
이윽고 임신언5이
제 아들 데리고서
한가지로 왔다커늘,
넷이 함께 나가 보되
세세히 차운하여
보내마 이르고서
회답서 고칠 말을
간간이 써서 뵈니
태학두 숙시하고6
대답 아니하는지라
민망키 가이없어
답변을 또 청하니

---

4   태학두 부자: 하야시 호오코쿠와 그 아들 하야시 류우탄(林龍潭, 1744~1771)을
    말한다.
5   임신언(林信言): 하야시 호오코쿠를 말한다. 신언(信言)은 일본어로 '노부코토'
    인데, 하야시 호오코쿠의 이름이고, 호오코쿠(鳳谷)는 호이다.
6   숙시(熟視)하고: 자세히 보고.

그제야 써서 뵈니
'근낙'[7]이라 하였으되
그것이 우리 쓴 것
모르는 듯 싶은지라
민망하고 염려로와
다과로 대접하고
우리 먹는 음식을
따라온 두 사람을
은근히 대접하니
감격하고 기뻐하여
두세 번 치사하고
크게 좋아하는 거동
낯에 나타나는구나.
고쳐 줄 뜻 뵈는구나.

조선 국왕이 전달한 국서에 대해 쇼군은 회답서를 보내는 것
이 관례인데, 이것을 기초하는 이가 태학두인 하야시 호오코
쿠였다. 한자 문화권에서 대등한 관계의 두 나라 사이에 왕래
하는 국서는 표현이나 격식이 동등해야 했다. 그러나 호오코
쿠가 결례가 되는 표현을 사용하여 통신사가 이를 수정해 줄

7   근낙(謹諾) : 삼가 승낙한다는 뜻이다.

것을 요구하는 장면이다. 몇 번의 실랑이 끝에 통신사가 요구한 대로 자구를 수정할 수 있었다. 일본 문사들의 한문 구사 능력이 충분하지 못한 이유도 있었지만, 양국이 의전에서 서로 우위에 서려고 하는 미묘한 신경전 또한 엿볼 수 있다. 3월 1일과 2일 에도에서의 일이다.

눈물로 전송하는 일본인들

십이일 승지¹ 오니
한대년²과 평영³이가
백삼십 리 따라와서
차마 못 이별하여
우리 옷 붙들고서
읍체여우하다가⁴
밤든 후 돌아가서
오히려 아니 가고
길가에 서 있다가
우리 가마 곁에 와서
손으로 눈물 씻고
목메어 우는 거동
참혹하고 기특하니
마음이 좋지 아니해

---

1   승지(藤枝) : 일본어로 '후지에다'이다. 지금의 시즈오카 현(靜岡縣) 후지에다 시
(藤枝市) 일대이다.
2   한대년(韓大年) : 간 덴주(韓天壽, 1727~1795)를 말한다. 다이넨(大年)은 그의 자
이고, 덴주는 호이다. 그림과 글씨, 전각에 두루 능했으며 스스로 백제인의 후예
라 일컬으며 통신사를 몹시 따랐다.
3   평영(平瑛) : 간 덴주와 함께 온 일본 문사인데 미상의 인물이다.
4   읍체여우(泣涕如雨)하다가 : 눈물을 비 오듯 흘리며 울다가.

뉘라서 예놈들이
간사하고 강퍅다던고
이 거동 보아하니
마음이 연하도다.[5]

3월 11일 통신사 일행은 에도를 떠나 귀국길에 올랐다. 에도에
서 많은 일본 문사를 만나 필담을 나누고 시를 수창했는데, 그
가운데 몇몇 일본 문사는 눈물을 흘리며 이별을 슬퍼했다. 무
사가 지배하는 일본에서 유학자는 사회적으로 낮은 신분에 머
물렀으며 정치에 참여할 길도 막혀 있었기에 울분을 품은 이
가 많았다. 이들은 평소 갈고 닦은 한문 실력과 유학에 관한 지
식을 통신사에게 보이고 검증을 받고자 했으며 때로는 한자
문명권의 일원으로서 강한 유대감을 느끼기도 했는데, 이를
'동문의식'(同文意識)이라고 한다. 일본 문사의 눈물에는 이런
의미가 담겨 있다. 일본을 폄하하던 김인겸도 유교 문명을 동
경하고 따르고자 하는 일본 문사의 진심에 감동하였다. 국가
나 민족에 대해 가졌던 막연한 편견이 사적인 교류를 통해 얼
마든지 해소될 수도 있다는 깨달음을 준다. 3월 12일 후지에다
에서의 일이다.

---

5   마음이 연(軟)하도다 : 마음이 여려진다.

신기한 물방아

길가의 냇물 위에
물방아 놓았거늘
말에 내려 자세 보니
물레를 만들되
정포(淀浦)의 수차처럼
물속에 들여놓고
물레 속에 도는 나무
크기 거의 아름이요
길이는 물레바퀴
두 발[1]이 넘어 긴데
돌아가면 비슷하게
다섯 말뚝 박아 두고
그 아래 방아확[2]을
다섯을 벌여 놓고
넓고 큰 널에다가
다섯 구멍 뚫어 내어

---

1   발: 양팔을 벌렸을 때 한쪽 손끝에서 다른 손끝까지의 길이를 말한다.
2   방아확: 돌절구 모양으로 움푹하게 판 돌. 그 안에 곡식을 넣고 방앗공이로 찧는
     다.

방앗공이 다섯을
그 구멍에 꽂아 놓고
방앗공이 말뚝 박아
물레가 돌아갈 제
물레에 박힌 말뚝
공이 말뚝 떠 들어서
두 말뚝이 어긋나면
방앗공이 찧이는고
순환이 반복하여
하루 닷 섬 찧는다네.
그중에 묘한 것은
겨가 다 절로 날려
어디로 가고 없고
쌀만 남았으니
골풀무 모양이요
절로 바람 나는도다.

오오사카의 요도가와(淀川)에서 본 수차와 유사한 원리로 돌아가는 물레방아를 묘사한 대목이다. 수차는 강물을 성안으로 퍼올리기 위해 고안된 것으로 조선에서는 거의 쓰이지 않았던 것에 비해 물레방아는 조선에서도 흔히 볼 수 있었다. 다만 일본의 물레방아는 몹시 커서 많은 곡식을 한꺼번에 찧을 수 있었고, 찧는 과정에서 겨가 저절로 날아가도록 고안했다는 점이 달랐다. 일본의 앞선 문물을 상세히 관찰하고 있는 것에서 김인겸의 민생에 대한 관심이 엿보인다. 3월 14일 미시마(三島) 근교에서의 일이다.

후지 산의 만년설

십오일 십육일은
삼도(三島)서 묵으니라.
도주가 송언(送言)하되
배다리 다 떴기에
못 가게 하였으니
다리 보수하온 후에
출발하자 하는지라
할 수 없이 못 가니라.
후지 산 바라보니
날이 매우 더운지라
요[1] 이하는 눈이 녹고
요 이상은 허여하여
눈이 그저 쌓여 있어
검은 것이 아니 뵈네.
유월 삼복 때도
봉우리는 아니 녹아
극남방 극열시에
그러하니 모를로다.[2]

---

1   요(腰): 허리. 곧 후지 산의 산허리를 가리킨다.

천려3에 생각하니

온 산이 냉혈(冷穴)이매

아무리 더운 날도

눈이 아니 녹는 양이

우리나라 사군4에도

풍혈 냉혈5 두루 있어

유월에 관가에서

얼음을 떠 쓰더니

예도 응당 그러하고

못 가 보니 애닯도다.

미시마에서 강을 건너려고 했는데 강물이 불어 배다리가 부서 졌다. 다리를 보수하는 동안 미시마에 하루 머물렀는데 이때 지척에 후지 산이 보였다. 후지 산 봉우리에는 만년설이 덮여 있어 신비한 분위기를 자아냈다. 김인겸은 조선에도 사시사철 찬 바람이 불거나 얼음이 녹지 않는 땅이 있다는 사실에 착안 해 후지산의 만년설을 설명하였다. 3월 15일, 16일의 일이다.

2   극남방(極南方) 극열시(極熱時)에 그러하니 모를로다 : 가장 남쪽 지방의 가장 더 운 시기에도 후지 산 꼭대기의 눈이 녹지 않는 이유를 모르겠다는 뜻이다.
3   천려(淺慮) : 얕은 식견이라는 뜻이다.
4   사군(四郡) : 청풍, 단양, 영춘, 제천을 말한다.
5   풍혈(風穴) 냉혈(冷穴) : 풍혈은 시원한 바람이 나오는 구멍이고, 냉혈은 한여름에 도 얼음이 어는 구멍이다.

세이켄지(淸見寺)의 뒤뜰

청견사(淸見寺) 들어와서
잠룡실(潛龍室)에 앉아 보니
다리에 단 현판이
김 좌승[1]의 글씨로다.
뒤뜰에 못이 있고
연잎이 자라나네.
절 뒤에 송죽(松竹) 속의
십여 장 폭포 물이
허공에 내려지고
진주 같은 물방울이
사면으로 떨어지니
심목(心目)이 상쾌하다.
소위 선인장이
모양이 이상하다.
나무와 풀도 아니 같고
꽃과 잎도 아니로다.

---

1   김좌승(金左丞): 1748년 통신사 사자관(寫字官)으로 참여했던 김계승(金啓升)을
     말한다. 호는 진광(眞狂)이다. 일본에서 명필로 이름을 떨쳤으며 잠룡실(潛龍室)
     이라고 쓴 편액이 지금도 세이켄지에 남아 있다.

소 혀처럼 생겼으되

푸르고 두꺼워서

두 편에 잔가시가

천엽[2]처럼 송송하고

올해 난 것 위에

내년에 두셋 나서

오래되면 나무 되니

대저한지 괴이하다.

서너 길 큰 파초가

폭포 곁에 서 있으되

겨울에 잎은 죽고

줄기는 살아 있어

서너 잎이 나왔으니

장하고 기특하다.

영산홍 피었으며

종려, 소철 다 있구나.

지형은 고상하고

대해(大海)를 내려 보니

실 같은 얇은 사(絲)로

두 편으로 둘러싸고

그 뒤의 낙락장송

---

2   천엽: 소의 위장을 말하는데 돌기가 많이 나 있다.

해문(海門)을 가리었고
그 안은 호수 되어
경치가 절승하다.
우리나라 낙산사(洛山寺)를
절경이라 하지마는
앞 경치는 있거니와
뒤 경치는 없는지라
여기다가 비교하면
여러 층 떨어질세.

세이켄지는 시즈오카 현의 태평양이 내려다보이는 산기슭에
위치해 있고 동북쪽으로 후지 산을 등지고 있어 경치가 아주
아름다웠다. 또 경내의 정원에 폭포와 연못이 있고 온갖 화초
가 아름답기로 이름난 절이기도 했다. 조선에서 볼 수 없는 다
양한 식물을 말하고 있는데 특히 김인겸은 선인장을 처음 본
듯 기이한 생김새를 흥미롭게 묘사하고 있다. 세이켄지는 통
신사가 지나가는 길목에 있어 이곳에 들러 경치를 구경하고
시를 짓거나 현판 글씨를 써 주는 것이 관례였다. 김인겸이 '뒤
경치'라고 한 것은 세이켄지 뒤쪽으로 보이는 후지 산을 말하
는데, 이 때문에 세이켄지가 낙산사보다 더 아름답다고 극찬
했다. 지금도 세이켄지의 대방장(大方丈) 건물 벽에 통신사의
시와 글씨가 걸려 있다. 3월 20일 세이켄지에서의 일이다.

주먹만 한 밤알

곳곳이 논과 밭을
밭 갈기 시작하되
소가 전혀 적은지라
가래 괭이 만들어서
논과 밭을 글로 파고
말에다가 길마¹ 지어
앞 가지에 줄을 매어
써레²를 삼는구나
그리 너른 들 논 속에
순무를 담뿍 갈아
무성하기 장하거늘
통사더러 물어보니
순무 씨를 받아
기름 짜 쓴다 하네.³
일공⁴의 생강 온 것

---

1   길마: 농기구를 끌기 위해 소나 말의 등에 얹는 기구를 말한다.
2   써레: 갈아 놓은 논바닥을 고르는 데 쓰는 농기구를 말한다.
3   순무 씨를~쓴다 하네: 순무의 씨는 만청자(蔓菁子)라고 하는데 약재로 쓰이기도
    했다.
4   일공(日供): 매일 제공하는 식량을 말한다.

살찌고 몹시 크고
실없고 물 많기가
민강[5]과 일반일다.
이 땅에 생밤 크기
종지만 하여
한 손에 셋을 쥐면
줌이 벌어 못 더 쥔다.
건시(乾柿)도 이상하여
우리나라 풍기(豐基) 준시[6]
에 비하면 달고 크기
못하다 하리로다.
비파[7]라 하는 과일
주거늘 자세 보니
누른 오얏 모양이요
맛은 배 맛이요
씨는 모과로되
껍질이 두꺼워서
그리 좋지 아니하고
살이 전혀 적구나야.

---

5   민강(閩薑): 중국 복건성 지역에서 나는 생강인데 조선에서 귀하게 여겼다.
6   준시: 납작한 모양으로 말린 곶감으로 경상북도 풍기 지역의 특산물이다.
7   비파(枇杷): 열대 과일의 하나로 살구와 비슷하게 생겼으며 잎과 열매가 모두 약
     재로 쓰였다.

닭의 소리 개 소리와
새 소리 소, 말 소리
아국(我國)과 일반이요
아해 소리 웃음소리
천기(天機)로 나는구나
조금도 다르잖다.

통신사가 일본에서 눈여겨본 것 가운데 하나는 일본의 농지가 넓고 비옥하며 농산물이 풍부하다는 점이었다. 민생을 생각하는 유학자로서 일본의 풍부한 물산은 관심의 대상이었다. 일본 측에서 통신사에게 매일 제공하는 음식물은 쌀 이외에도 고기, 생선, 채소 등 다양한 식재료가 있었다. 이외에도 숙소나 이동 수단 등 통신사를 접대하는 데는 막대한 재정이 들었는데, 막부는 통신사가 통과하는 각 번에게 이를 부담시킴으로써 번의 세력이 커지는 것을 막았다. 가축의 울음소리와 아이들의 웃음소리 등 민중의 삶은 하늘이 낸 것이라 조선과 전혀 다르지 않다는 말이 인상적이다. 3월 29일 나고야 근교의 풍경이다.

6장

최천종 살해 사건의 전말

— 오오사카

최천종(崔天宗) 살해 사건의 전말

초칠일 상방 집사[1]
대구 사람 최천종이
개문(開門)을 아뢰고서
제 방에 돌아와서
잠들어 누웠더니
어떠한 예 한 놈이
가슴에 올라앉아
칼로 목을 찌른지라
천종이 놀라 깨어
소리하고 일어서니
그놈이 칼을 버리고
엎어지며 달아나니
일행이 몹시 놀라
급히 일어 모아 보니
창날 같은 세모칼을
빼어 놓고 누웠는데
호흡이 가빠져서
차마 못 보리로다.

---

1   상방(上房) 집사(執事) : 정사(正使)와 관련된 잡일을 하는 직책을 말한다.

묘시²경에 운명하니
참혹하고 불쌍하다.

수역을 잡아들여
사신네 분부하되
만인(蠻人)에게 왕복하여
죄인을 얻으라되,³
만인이 무상⁴하여
전혀 놀라지 아니하고
저물도록 기다려도
한 말도 아니 오니
절통하고 절분함을⁵
어이 다 기록하리.
종사상 머무는 데
시체 냄새 들어오니
상방(上房)에 한데 들고
최봉령 불러다가
쉬이 조사하라 하고

---

2   묘시: 오전 5시에서 7시 사이를 말한다.
3   만인(蠻人)에게 왕복하여 죄인을 얻으라되: 일본 측에 가서 죄인을 잡아 오라고
     하되. '만인'은 오랑캐라는 뜻이다.
4   무상(無狀): 아무렇게나 행동한다는 뜻이다.
5   절통(切痛)하고 절분(切憤)함을: 몹시 원통하고 분함을

수역에게 전하라되
전혀 동념[6] 아니하니
절통절통한지고.
(…)
사상네 연명(連名)하여
도주에게 편지하되
답서도 아니하고
염습을 하려 하니
만인이 이르기를,
"염습을 하온 후는
우리 알 바 아니오니
아무려나 할지어다."
혹 그러할까 하여
주검을 그저 두니
이렇게 통분한 일
천하에 또 있는가.
부과한 수역들은
조금도 기탄없네.[7]
일분 인심 있게 되면

---

6   동념(動念) : 마음을 움직인다는 뜻이다.
7   부과(負過)한 수역(首譯)들은 조금도 기탄(忌憚)없네 : 책임이 있는 수석 통역관
     들은 조금도 거리낌이 없네.

이렇게 무상할까.[8]

초구일 이 땅 관원

또 와서 검시하니

비로소 염습하고

세 수역 잡아들여

최·이[9] 두 수역은

결곤 삼도하고[10]

현 동지[11]는 늙다 하고

분부하여 내치니라.

십이일도 적연(寂然)하여

아무 말도 없구나야.

십이일 입관할새

정사상이 제문(祭文) 지어

삼사상과 상중하관

다 몰수 모여 울고

담군[12]이 관을 메고

---

8   일분(一分) 인심(人心)~이렇게 무상(無狀)할까 : 조금이라도 인정(人情)이 있다
    면 이렇게 무심할까.
9   최(崔)·이(李) : 수석 통역관 최학령(崔鶴齡)과 이명윤(李命尹, 1711~1766)을 말
    한다.
10 결곤(決棍) 삼도(三度)하고 : 곤장을 세 대 치고.
11 현 동지(玄同知) : 수석 통역관 현태익(玄泰翼, 1701~?)을 말한다. 본관은 천녕
    (川寧), 호는 장주(長洲)이다. 1763년 사행 때 수역으로 참여하였다.
12 담군(擔軍) : 상여를 운반하는 인부를 말한다.

정문으로 나갈 적에
봉행, 재판 가로막고
못 나가게 하는지라
관을 메고 돌아와서
사상께 아뢰오니
이강령(李康翎) 분부하여
먼저 난 놈 조사하여
결곤 삼도 하노라니
밤이 벌써 깊은지라
관을 그저 놓았으니
사사(事事)에 통분하다.
십이일 관을 두고
못 내어 보내니라.
십삼일 다 밝은 후
비로소 내어다가
강변에 초빈하니[13]
불쌍코 참절(慘絶)하다.

4월 7일 귀국길에 오오사카에서 통신사행원이 살해당하는 전대미문의 사건이 일어났다. 새벽에 통신사의 숙소에 침입한

---

13   초빈(草殯)하니 : 임시로 빈소를 만드니.

범인은 자고 있던 최천종의 목을 찔러 죽이고 달아났다. 사신은 즉시 수석 역관을 보내 일본 측에 범인을 색출할 것을 요구했으나 바로 연락이 오지 않았다. 사신의 뜻대로 움직이지 않는 역관을 본 김인겸의 답답하고 원통한 마음과 쓰시마의 능장 대응으로 빨리 장례를 치르지 못한 데 대한 분노가 느껴진다. 이 전대미문의 살인 사건은 심각한 외교 문제로 비화되었으며 통신사는 사건의 진상을 밝히고 범인을 붙잡아 처형할 것을 요구하며 귀국을 연기했고 사건이 종결되기까지 한 달 이상 오오사카에 머물러야 했다. 이 사건은 후에 일본에서 소설, 연극, 인형극 등으로 각색되어 큰 인기를 얻었다. 4월 7일에서 13일까지 오오사카에서 있었던 일이다.

살인범 스즈키 덴조오(鈴木傳藏)

십사일 대판윤[1]이
죄인을 조사하니
대마도 전어관(傳語官) 놈
영목전장[2]이라 하네.
전장은 도망하고
종 잡아 심문하려
궤 속에 넣었다니
이제나 밝혀질까.
(…)
십팔일 수역 와서
사신께 여쭈오되
전장이 도망하여
여기서 칠십 리 땅
단파주[3] 가 있다 가서
섭진주[4]로 도로 와서
여기서 사십 리 땅

1 　대판윤(大阪尹) : 오오사카를 다스리는 관리를 말한다.
2 　영목전장(鈴木傳藏) : 최천종을 살해한 쓰시마의 통역관 스즈키 덴조오이다.
3 　단파주(丹波州) : 단바 주를 말한다. 지금의 교오토와 효오고 현에 걸친 지역이다.
4 　섭진주(攝津州) : 셋츠 주를 말한다. 지금의 오오사카 북부 일대이다.

지전5에서 잡히어서

잡아 왔다 하는지라

통쾌하기 측량 없다.

전장이 자백기를

인삼 일로 죽였다네.

아득히 다 모르니

궁금하기 가이없다.

최천종이 살해당한 지 일주일이 지난 4월 14일이 되어서야 일본은 통신사에게 범인을 알려 왔다. 범인은 스즈키 덴조오라는 쓰시마의 통역관으로 범행 직후 이미 다른 지역으로 달아났다. 18일에 통신사는 덴조오를 붙잡았다는 전갈을 받았지만 사건의 내막은 여전히 오리무중이었다. 김인겸의 답답한 심정이 잘 드러난다. 김인겸은 덴조오가 인삼 때문에 살인을 저질렀다고 말하고 있지만 일본 측이 발표한 범행 동기는 달랐다. 통신사 하관(下官) 중 한 명이 거울을 잃어버리자 일본인을 의심했는데, 덴조오가 이를 비호하는 과정에서 싸움이 격해졌고 이에 최천종이 덴조오를 때렸다는 것이다. 인삼 밀매가 발각될 것이 두려워 고육지책으로 꾸며낸 조사 결과인 것으로 보인다. 4월 18일 오오사카에서의 일이다.

---

5   지전(池田) : 일본어로 '이케다'라고 하며, 오오사카 북서부 일대이다.

쓰시마의 책임 회피

이십일 두 장로[1]가

말 보내어 청을 하되

대마도주 보기 전에

먼저 보자 하지마는

전례 없이 먼저 보기

사체에 불가하다니,[2]

장로가 또 청하여

도주가 나간 후에

저희는 머물러서

조용히 필담차데

또 아니 허하시고,[3]

도주가 왔다 하매

대청에 나가시니

---

1 두 장로: 막부에서 파견한 이테이안의 승려를 말한다.
2 이십일 두 장로가~사체(事體)에 불가하다니: '사체'는 일이 돌아가는 이치라는 뜻이다. 두 장로는 막부가 파견한 이테이안의 승려로 쓰시마가 독자적인 행동을 하지 못하게 감시했으며, 최천종 살해 사건에 대한 사신의 의견을 쓰시마보다 먼저 듣고자 했다. 그러나 사신은 쓰시마와 소통하는 것이 원칙이라 하여 거절하였다.
3 장로가 또~아니 허하시고: 두 장로가 도주가 나간 후에 자신들은 따로 남아 필담을 나눌 것을 청하였는데 사신이 허락하지 않았다는 뜻이다.

도주는 아니 오고
두 장로 왔는지라
먼저 읍 아니하고
도주를 청하오니
비로소 들어오니
한가지로 읍을 하고
상대하여 앉은 후에
(…)
최 수역 여쭈오되,
"도주가 청하오되
한 사람만 처형하면
그것이 족하오니
죄 없는 다른 사람
만연[4]하지 아니하게
대판성윤[5]에게
기별하여 달라" 하네.
사신이 책하시되,
"판윤의 사핵는 일[6]
우리 알 바 아닌지라

---

4   만연(蔓延) : 다른 사람에게까지 피해를 끼친다는 뜻이다.
5   대판성윤(大坂城尹) : 오오사카 성을 다스리는 관리를 말한다.
6   판윤의 사핵(查覈)는 일 : 대판성윤이 사건을 자세히 조사하는 것을 말한다.

네 어이 이런 말을
자하로 퇴척잖고[7]
내게 와 아뢰는가."
수역이 네네 하고
무료히 물러가니,
애닲을손 그 앞에서
즉각에 잡아내어
엄치(嚴治)를 못 하오니
한심하고 분개하다.
(…)
춘파[8]란 중이 들어와서
필담으로 써서 뵈니,
"사신이 수역(首譯)으로
도주에게 말 보내되
'한 사람 정법[9]하기
사리에 족하거니
무죄한 다른 사람
만연치 말라' 하니
사신이 하시는 일

---

7   자하(自下)로 퇴척(退斥)잖고: 스스로 판단하여 물리치지 않고.
8   춘파(春坡): 이테이안의 승려로 일본음은 '슌파'이다. 최학령이 사신의 뜻을 사
     칭하여 쓰시마를 비호하는 것을 알리기 위해 왔다.
9   정법(正法): 사형에 처한다는 뜻이다.

알지 못하리로다.”
들으며 통해하여[10]
등창이 날 듯하나
낮에 꾸중하신 일을
전갈하기 만무하되
중의 말이 이러하니
필연 위죄(僞罪)인지라,
일행 중 열 명무[11]가
다 몰수 분개하여
우리 넷과 한가지로
상방에 들어가서
유 영장(柳營將) 먼저 하되,
“수역 최학령이
마인과 부동하여[12]
지척 장전[13]에서
위조 전갈 하였으니
그 죄가 중하오매
일행이 분개하여
청하여 아룁니다.”

---

10 통해(痛駭)하여: 몹시 이상하고 놀라워.
11 명무(名武): 통신사를 수행하는 군관을 말한다.
12 마인(馬人)과 부동(附同)하여: 쓰시마 사람과 공모하여.
13 장전(帳前): 사신이 미무는 숙소 앞을 말한다.

사신이 처음에는
화해하라 이르더니
나중에 수역 불러
후에 그리 말라 하고
분부하여 내치시니,
분개하기 가이없어
소리 크게 여쭈오되,
"문사들과 명무 군관
죽을죄 있사오니
사핵하여 처치하오."
정사상이 가라사되,
"무슨 일이 그러하뇨?"
다시 여쭈오되,
"아까 한 비장이
역관으로 한데 앉아
고성하여 이르오되
아까 온 장로 편지
'사주한 이 있다' 하니
인신이 인국인과
부동하고 사주한 죄[14]

---

14 인신(人臣)이 인국인(隣國人)과 부동하고 사주한 죄 : 조선의 신하가 일본인과 공
모하여 사주한 죄라는 뜻이다.

만사무석[15]이온지라

사핵하여 내오소서."[16]

정사상과 종사상이

내 말뜻 모르고서

시온(時韞)더러 물으시니

전후 곡절 여쭈오니

정상이 이르시되,

"만 리에 동행하여

화합하기 가하거늘

이런 말을 와서 하니

사사에 무익하고

갈등만 나리로다."

내가 또 여쭈오되,

"최천종 같은 일이

이후에 있삽거든

그제야 아오소서."

정상이 하오시되,

"'언길이불언흉'[17]을

15   만사무석(萬死無惜) : 만 번 죽어도 아깝지 않다는 뜻이다.
16   인신(人臣)이 인국인(隣國人)과~사핵하여 내오소서 : 앞서 비장 이매(李梅)가 역
      관의 편에 서서 오히려 서기와 장로가 공모하여 역관의 잘못으로 몰아가고 있다
      고 주장했지만, 사실이 아니며 조사해 보면 밝혀질 것이라는 의미이다.
17   언길이불언흉(言吉而不言凶) : 길한 일은 말하되 흉한 일은 말하지 않는다는 뜻이
      다.

그대 어이 모르고서
이런 말을 또 하는고."
"이제 아니하여서는
후에 변(變)이 있사와도
그 까닭 모를지라
그러므로 하나이다."
여성하여 이르시되,[18]
"내 듣고자 아니하는 말을
그대 어이 이대도록
누누이 아뢰는고."
"왜승과 부동한 죄
천지간 난용[19]인데
엄하게 사핵 않고
암담한 데 두시는고."
사신이 가라사되,
"장로와 필담한 일
사고(事故)가 그러하여
부득이 한 일이니
그대는 죄 없는 줄
내 자세 아는지라

---

18   여성(厲聲)하여 이르시되: 성난 목소리로 말씀하시되.
19   난용(難容): 용납하기 어렵다는 뜻이다.

어이하여 그토록
혼자 그리 노하는고."
내 다시 하온 말이,
"그 비장의 한 말 뜻이
사신 말씀 같으면
노할 일 없사오나
그 사람을 몰아다가
불측한 데 보내오니
통한치 아니하며
노엽지 아니하랴.
집사와 같은 죽음
또 분명 있사오리."
비로소 온언(溫言)으로
웃으시고 이르시되,
"만일 병란이 있게 되면
창의[20]하고 분개할 이
반드시 자네로세."
희언(戱言)으로 미봉하네.

종사상이 하오시되,
"김 진사 자라날 제

---

20   창의(倡義) : 국난을 당했을 때 의병을 일으킨다는 뜻이다.

시골서 하였기에
행세본[21]을 모르고서
직설하고 과격하여
감언불휘[22]하는 것이
대개 풍채 있는지라
이는 비록 귀하거니와
자신의 몸 꾀하기는
서투르다 하리로다."
분연히 여쭈오되,
"노둔하고 일 모르나
나라 위한 일편단심
흉중에 있사오니
나랏밥 먹삽고서
아유구용[23]하고
망군부국[24]하는 놈은
개돝처럼 보나이다."
인하여 물러와서
분하고 강개하여
밥 한술을 못 먹고서

---

21 행세본(行世本) : 처세하는 법이라는 뜻이다.
22 감언불휘(敢言不諱) : 숨기지 않고 거리낌 없이 말한다는 뜻이다.
23 아유구용(阿諛苟容) : 구차하게 남에게 아첨한다는 뜻이다.
24 망군부국(忘君負國) : 임금을 잊고 나라를 배반한다는 뜻이다.

주야로 혀를 차니
등창이 날 듯하되
눈병이 나는구나.

막부에서 파견한 이테이안의 두 장로는 쓰시마 번을 감시하
고 있었기 때문에 최천종 살해 사건에 대한 사신의 의견을 듣
고자 하였다. 그러나 통신사는 전례를 중시하였고 쓰시마와의
관계를 그르치는 것도 원하지 않았기에 거절한 것으로 보인
다. 또 쓰시마인들은 사건의 불똥이 자신들에게까지 튀는 것
이 두려워 여러 이해관계가 얽혀 있는 수석 통역관 최학령에
게 부탁하여 파장을 최소화하고자 했다. 그래서 최학령이 사
신을 찾아가서 조사를 담당하고 있는 대판성윤에게 한 사람
만 처벌하도록 말해 달라고 부탁한 것이다. 그러나 사신이 거
절하자 최학령은 마치 사신의 말인 양 꾸며서 다른 사람에게
피해가 미치지 않도록 하라고 도주에게 말하였다. 이테이안의
승려 춘파를 통해 이런 내막을 알게 된 김인겸과 군관들은 분
개하여 최학령을 처벌해야 한다고 말했다. 그러나 사신은 최
학령을 타이르는 데 그쳤다. 오히려 종사관은 김인겸이 시골
출신이라 말을 꺼리지 않는다고 넌지시 비꼬고 있다. 외교적
파장을 최소화하려는 사신단의 입장과 옳고 그름을 명확히 하
는 김인겸의 태도가 갈등을 빚어냈다. 4월 20일 오오사카에서
의 일이다.

가짜 범인 처형식

이십구일 장로 와서
수역 통해 말 이르되
"오늘이야 전장이를
행형(行刑)을 하려 하되
예부터 아국(我國) 법(法)이
뵐 형벌도 있거니와
못 뵐 형벌 있삽는데
전장에게 행할 형벌
남 뵈지 못하리라
이국인은 못 뵈리라."
사신네 들으시고
약조와 다른 뜻을
여러 번 써서 뵈니
나중에야 뵈마되는[1]
저물도록 기다리되
행형은 아니 하고
비로소 저물녘에야
죄인 내어 가되

---

[1] 뵈마되는: '보이겠다 하였지만'이라는 뜻이다.

제 나라 국기(國忌)라고
내일은 못 죽이고
모레에야 정법한다.
소문이 이러하되
간사한 그놈들이
아국인 아니 뵈고
거짓 것을 죽였노라
속이려 하는구나.

초이일 전장이를
행형한다 하는지라
삼수역과 삼병방²을
보내어 보라 하니,
월정도³란 강물 가에
극위⁴처럼 두루 막고
그 가운데 관원 앉아
전장이를 동여매어
꿇어앉히고서
예 한 놈 칼 가지고

---

2   삼수역(三首譯)과 삼병방(三兵房) : 세 명의 수역과 세 명의 군관.
3   월정도(月正島) : 오오사카의 요도가와 강 지류에 있는 처형장이다.
4   극위(棘圍) : 가시나무 울타리를 말한다.

옆에서 척 찍으니

머리 땅에 내려지니

한 놈 대령하였다가

머리를 물에 씻어

단 조금 쌓아서

그 위에 머리 앉혀

사흘 후에 묻는다니

효시함과 일체로다.

역관과 군관들이

밖에서 보고 오네.

상명[5]을 겨우 하나

수괴를 못 죽이니

하늘인들 어찌하리

분한할 따름일다.

초삼일 예놈들이

전장의 초사[6] 보내었네

천종이 살았을 제

거울 하나 잃은지라

전장이 가졌다고

---

5   상명(償命): 살인한 사람을 처형한다는 뜻이다.
6   초사(招辭): 범죄 사실을 진술한 죄인의 말이라는 뜻이다.

채찍으로 등을 치니
전장이 성을 내어
죽였다 하였으나
그 말을 믿을쏘냐
알 길이 전혀 없다.

일본 측은 자국민을 처형할 때 외국인이 입회한 경우가 없었기에 통신사 역시 입회할 수 없다는 입장을 전달했다. 그러나 통신사행원이 살해된 마당에 범인의 얼굴도 보지 못하는 것은 납득할 수 없는 일이었다. 항의 끝에 통신사는 범인 스즈키 덴조오의 처형에 참관할 수 있었다. 그러나 김인겸은 일본 측이 스즈키 덴조오가 아닌 다른 죄인을 사형시키고 범인을 처형한 것처럼 꾸민 것이 아닌가 의심하고 있었다. 또 덴조오가 밝힌 범행 동기에 대해서도 내심 거짓이라 생각했다. 일본 측이 사건을 신속하고 투명하게 처리하지 않고 오히려 사건을 축소하려고 한 데서 온 불신이 쌓였기 때문이라 생각된다. 4월 29일에서 5월 3일까지 오오사카에서 있었던 일이다.

역관의 밀무역

초칠일 순풍 부니
발선하기 좋건마는
행중의 한 비장이
천여 금 은전으로
왜물 무역하였다가
미처 찾지 못한지라
도주에게 핑계하고
발행을 아니 하니
일행의 마음들이
통분하기 어떠하리.
(⋯)
초구일 순풍 불되
행중의 역관들이
전장의 살옥[1] 일로
수천금 무역한 것
미처 찾지 못하여서
곳곳이 와 핑계하고
출발을 아니 하니

---

1 전장(傳藏)의 살옥(殺獄) : 스즈키 덴조오가 저지른 최천종 살인 사건을 말한다.

그 죄가 어떠하리.
(…)
십삼일 종사상이
최학령과 현태익을
잡아들여 분부하되
"우리 격군 중에
발선하자 의논하면
원수처럼 미워하니
너희 일 무상하니
이후는 그리 말라."

통신사행에 참여한 일부 역관과 군관 들은 밀무역을 통해 막대한 이익을 챙겼다. 여기서 비장이 받지 못했다는 물품 대금은 아마도 인삼 대금일 것이다. 최천종이 살해당한 것 역시 인삼 밀무역을 두고 일본인과 갈등이 있었던 것으로 추정된다. 1719년 통신사행의 제술관이었던 신유한이 지은 『해유록』에는 인삼 밀무역을 하다 발각된 하급 통역관이 처벌을 두려워하여 자살한 내용이 보인다. 이때 통역관이 가지고 있던 인삼이 약 20근이었는데 지금 돈으로 환산하면 9천만 원 이상의 가치였다. 이것이 일본에서는 3배 이상의 가격으로 팔렸다고 하니 밀무역의 규모를 짐작할 수 있다. 최천종 살해 사건의 여파로 양측의 왕래가 엄격히 금지되면서 밀무역에도 차질이 생겼고 사신에게 사실을 말할 수 없었던 이들이 갖가지 핑계를 대며 물품 대금을 받을 때까지 출발을 늦췄던 것이다. 김인겸은 이러한 사실에 몹시 분개했으나 사신은 이번에도 통역관을 조용히 타이르는 데 그쳤다. 5월 7일 오오사카, 5월 13일 효오고에서의 일이다.

고국을 눈앞에 두고

이십일일은 초복이라
일찍이 발선하니
일기가 대열(大熱)하되
남풍이 부는지라
배 가기 좋지마는
왜인이 칭탈[1]하고
공연히 배를 놓아
풍기포[2]와 자게 되니
순풍을 잃은지라
통분코 애닯구나.
이십 리를 겨우 오니
아니 오나 다르지 않다.
이십이일 일 일어서[3]
타루에서 일출 보니
장하고 기특하되
눈부시어 어렵도다.

---

1 칭탈(稱頉) : 핑계를 댄다는 뜻이다.
2 풍기포(豊崎浦) : 일본어로 '도요사키우라'이다. 쓰시마의 동북쪽에 위치해 있다.
3 일 일어서 : 일찍 일어나서.

일찍이 발선하여

아국으로 오려 하니

불측할손 대차왜[4]가

백 번이나 칭탈하고

늦게야 발선하여

배를 바로 놓으려니

왜놈이 듣지 않고

좌수포로 가려 하니

격군을 분부하여

뱃줄을 내려치고

돛 달고 노역[5]하여

서북방을 향하니

하 즐겁고 날 듯하니

지향을 못 하겠다.[6]

서남풍이 많이 부니

비슥이 돛을 다니

순풍은 아니라도

배 가기 빠르도다.

고국을 바라보니

4   대차왜(大差倭) : 쓰시마에서 파견한 사절을 말한다.
5   노역(櫓役) : 노를 젓는 것을 말한다.
6   지향(指向)을 못 하겠다 : 갈 방향을 잃어버릴 것 같다는 뜻이다.

연해 각 진포7가
역력히 벌어 있어
점점 나아오는지라,
인간의 즐겁기가
네 가지 있다 하되
오늘날 기쁘기는
천지간 없으리라.

김인겸은 오오사카에서 일어난 비극적인 사건을 뒤로하고 귀
국 길에 나선 지 두 달여 만에 마침내 고국을 눈앞에 마주하
게 되었다. 하루빨리 고향 땅을 밟고 싶은 김인겸의 벅찬 감정
이 느껴진다. 그러나 쓰시마 사신들은 갖가지 핑계를 대며 일
정에 없는 곳에 머물거나 출항을 지연시켜 김인겸의 애를 태
웠다. 앞의 일화와 마찬가지로 밀무역 때문이라 생각된다. 6월
21일과 22일 쓰시마에서 부산으로 가는 도중의 일이다.

---

7   진포(鎭浦) : 수군과 군함이 주둔하는 포구를 말한다.

해설

1

『일동장유가』가 한글 가사 작품으로 비교적 잘 알려진 반면, 저자 김인겸(金仁謙, 1707~1772)은 그리 익숙한 인물은 아니다. 이는 『일동장유가』 이외에는 작품이 거의 남아 있지 않고 문집도 전하지 않기 때문이다.

김인겸의 자는 사안(士安), 호는 퇴석(退石)으로, 안동 김씨 명문가의 후손이다. 고조부 김상헌(金尙憲)은 병자호란 당시 청나라와 끝까지 싸울 것을 주장하다가 청나라에 압송되어 6년간 억류되었다가 풀려났다. 이 때문에 청나라를 배격하는 북벌론의 상징적인 존재로 사림(士林)의 존경을 받았다. 안동 김씨 집안에서는 대대로 영의정, 대제학, 판서 등 고위 관료가 많이 배출되었고, 김창협(金昌協), 김창흡(金昌翕) 형제와 같은 저명한 문인들도 여럿 있었다. 김인겸의 꼿꼿한 성품과 문학적 재능 역시 이러한 집안 배경에서 기인한 것으로 보인다. 그러나 김인겸의 조부인 김수능(金壽能)이 서자였기에 김인겸은 명문가 출신임에도 신분의 제약으로 뜻을 펼칠 수 없었다. 조부는 지방관을 전전하다가 공주의 무릉동에 낙향하였으며 김인겸도 이곳에서 태어났다.

아버지는 김인겸이 14세 때 세상을 떠났으며 28세가 되는 해에 어머니마저 세상을 떠났다. 19세 때 우봉(牛峰) 이씨와 결혼하여 2남 2녀를 낳았으며, 늦은 나이인 47세 때 사마시에 합격하여 진사가 되었다. 그러나 세상일에 뜻을 두지 않고 은거했던 것으로 보인다. 이렇듯 명문가의 서얼로 태어나 주류에서 비켜난 삶을 살았던 김인겸이 문학사에 큰 발자국을 남기는 계기가 된 것이 바로 1763년의 통신사행이었다. 김인겸은 통신사의 서기(書記)로 참여하여 장장 11개월에 걸쳐 일본에 다녀오게 되었고 그때의 경험을 8,243구의 장편 가사로 기록하였다.

2

조선 시대에 일본에 파견한 외교 사절을 통신사(通信使)라고 한다. 통신사는 조선 전기에 8차례, 조선 후기에 12차례 파견되었다. 조선과 일본은 임진왜란으로 외교가 단절되었다. 그러나 1603년 일본을 통일한 도쿠가와(德川) 막부는 바로 조선과의 국교를 재개하고자 하였다. 이는 통신사의 방문으로 막부의 권위를 높일 수 있고, 통신사 접대에 여러 번(藩)의 재원을 동원함으로써 각 번의 세력화를 견제할 수 있기 때문이었다. 조선

역시 임진왜란 때 잡혀간 포로를 송환하고 일본의 재침략 가능성을 살피기 위한 목적에서 통신사 파견 요청에 응하였다.

17세기 말 무렵 도쿠가와 막부가 안정되면서 통신사는 문화사절단의 성격을 띠게 되었다. 당시 일본은 중국과 외교 관계를 맺지 못하였기에 중국의 선진 문명(文明)을 조선을 통해 받아들일 수밖에 없었다. 그래서 막부는 한문에 능숙한 이들을 파견해 달라고 조선 조정에 요청했고, 조선에서는 1682년 임술사행 때부터 제술관(製述官) 직책을 신설하고 세 명의 서기와 더불어 일본 문사들과 교류하도록 하였다.

통신사행단은 5백여 명에 달하는 대규모 사절단으로 국서를 전달하는 임무를 맡은 세 명의 사신(使臣)을 선두로 사신을 보좌하는 서기, 제술관, 역관, 군졸, 화원(畫員), 악공(樂工), 선원 등 다양한 계층의 인물이 참여하였다. 제술관과 서기는 서얼 문사 가운데 재주가 빼어난 이가 맡는 것이 관례였다. 이들은 일본 문사들과 필담을 나누고 시를 수창하였으며 글을 지어 주거나 시문을 비평해 주는 등 문화 교류를 담당하였다. 김인겸이 서기로 발탁된 것도 평소 그의 문재를 눈여겨보고 있던 인물이 추천했기 때문이다. 그리하여 김인겸은 세 명의 사신 가운데 한 사람인 종사관(從事官) 김상익(金相翊)의 서기가 되어 일본으로 떠나게 된다.

통신사의 노정(路程)은 대략 다음과 같다. 한양에서 출발한 사행단은 부산포에서 배를 타고 쓰시마로 건너간 후 아카마가세키(赤間關: 지금의 시모노세키下關)를 거쳐 일본의 내해인 세토나이카이(瀨戶內海)로 들어간다. 세토나이카이를 항해하면서 가미노세키(上關), 가마가리(蒲刈), 도모노우라(鞆浦), 우시마도(牛窓), 무로쓰(室津), 아카시(明石), 효오고(兵庫) 등에 머문 후 육로로 들어가는 관문이라 할 수 있는 오오사카(大阪)에 도착한다. 오오사카에 정박한 배에 전체 사행단의 절반 정도가 남고 나머지 인원은 오오사카의 강을 거슬러 올라가서 교오토(京都), 나고야(名古屋), 오카자키(岡崎), 스루가(駿河), 에지리(江尻), 요시와라(吉原), 미시마(三島), 하코네(箱根), 시나가와(品川) 등을 거쳐 에도(江戶: 지금의 도오쿄오東京)에 들어갔다. 해로와 육로를 모두 합해 4천 6백 리에 이르는 대장정이었다.

3

김인겸이 참여한 1763년 통신사행은 계미년에 파견하였기에 계미사행이라고도 한다. 에도 막부의 제10대 쇼군인 도쿠가와 이에하루(德川家治)의 취임을 축하하기 위해 파견되었다. 1763년(영조 39) 8월 3일 한양에서 출발했으며, 9월 6일 부산에서 출항하여 이듬해 6월 22일 귀국하였다.

조선 후기에 12차례 있었던 통신사행 중에서도 계미사행은 특별한 의미가 있다. 실학파 지식인이 처음으로 참여하였기 때문이다. 이들이 관찰한 일본에 대한 정보가 조선에 들어와 본격적인 일본학이 성립하였고 실학의 형성에도 일정하게 영향을 미쳤다. 서기로 참여한 성대중(成大中)과 원중거(元重擧)가 바로 실학파의 일원이었다. 두 사람은 각각 『일본록』(日本錄), 『승사

록』(乘槎錄)이라는 사행록을 저술했고, 원중거는 이를 발전시켜
『화국지』(和國志)라는 제목의 종합적인 일본 지리지를 편찬하기
도 하였다. 또 실학파의 일원인 이덕무(李德懋)는 일본에 대한
정보를 망라하여 『청령국지』(蜻蛉國志)를 지었다. 계미사행의
영향으로 조선에서 최초로 '일본학'이라고 할 만한 저술이 탄생
한 것이다. 북학을 주장한 박제가는 계미통신사의 일본 정보를
바탕으로 『북학의』(北學議)에서 도로의 정비, 수레의 사용, 주거
의 개선, 해외 통상 등을 주장하기도 하였다.

　계미사행 때는 김인겸을 포함한 세 명의 서기와 제술관 남
옥(南玉), 천재 시인으로 이름을 떨친 이언진(李彦瑱)이 주로 일
본 문사와 시를 수창하고 필담을 나누며 교류했다. 통신사가 일
본 문사와 주고받은 시와 필담은 대부분 일본에서 필담창화집
으로 출판되었다. 왕로에서 나눈 필담이 귀국 길에 이미 출판되
어 있을 정도로 당시 일본에서는 상업 출판이 성행했으며 통신
사의 필담에 대한 수요가 매우 컸음을 알 수 있다. 김인겸 역시
시를 민첩하게 잘 써서 일본 문사들에게 청송을 받았다.

4

　『일동장유가』에서 김인겸은 보수적인 유학자의 시각에서
일본을 문명의 교화가 미치지 못한 야만적인 나라로 묘사하기
도 하지만, 한문과 유학을 익혀 진심으로 교류하고자 했던 당
대 일본 문사들에 대해서는 따뜻한 시선을 보내기도 한다. 또

한, 그는 실학파의 일원은 아니었으나 일본의 발달한 문물을 상세히 기록하거나, 구황 작물인 고구마에 관심을 가지는 등 실학적인 관심을 보이기도 한다.

　조선 시대에 지식인 대부분은 일본을 야만적인 나라로 생각했다. 임진왜란의 기억에서 오는 적대감이 여전히 남아 있었고 한문과 유학에 능하지 못하고 유교 예법을 준수하지 않는 일본인의 문화적 수준이 조선에 한참 뒤떨어져 있다고 생각했기 때문이다. 김인겸도 예외가 아니었다. 김인겸은 쓰시마에서 처음 접한 일본인의 생활상을 이렇게 묘사하였다.

　　집 형상이 궁흉하여 / 노적 더미 같고나야.
　　굿 보는 왜인들이 / 산에 앉아 구경한다.
　　그중에 사나이는 / 머리를 깎았으되
　　꼭뒤만 조금 남겨 / 고추상투 하였으며
　　발 벗고 바지 벗고 / 칼 하나씩 차 있으며
　　―「이를 검게 물들인 여인」 중에서

　몇 안 되는 집은 모두 누추하여 볏짚을 쌓아 놓은 듯했다. 쓰시마는 평지가 적고 토지가 척박하여 농사를 지을 수 없어 조선과의 무역을 통해서만 명맥을 유지할 수 있었기 때문에 백성들의 삶은 몹시 가난했다. 게다가 남성들은 앞머리를 밀고 뒤쪽에 조그만 상투를 틀었으며 맨발에 바지도 입지 않았다. 김인겸은 가난하고 예의를 모르며 무력을 숭상하는 야만적인 나라라는 인상을 숨기지 않는다. 당시 유학자들은 유교적 예법이 얼마나 충실히 실행되고 있는가를 기준으로 한 나라의 문명의 수준을 판단했기 때문이다. 통신사의 의관(衣冠)과 쓰시마 도주와 승려들의 의관을 비교하면서 도깨비처럼 괴이하다고 한 것역시 그러한 이유에서이다(「사신과 쓰시마 도주의 만남」).

그러나 대도시인 오오사카에 도착하고 나서 김인겸은 이때까지 알지 못했던 일본의 번영을 목도하게 된다.

우리나라 도성 안은 / 동에서 서에 오기
십 리라 하지마는 / 채 십 리가 못 하고서
부귀한 재상들도 / 백 간 집이 금법(禁法)이요
다 모두 흙 기와를 / 이었어도 장(壯)타는데
장할손 왜놈들은 / 천 간이나 지었으며
그중의 호부(豪富)한 놈 / 구리 기와 이어 놓고
황금으로 집을 꾸며 / 사치하기 대단하고
남에서 북에 오기 / 백 리나 거의 하되
여염이 빈틈없어 / 담뿍이 들었으며
한가운데 낭화강이 / 남북으로 흘러가니
천하에 이러한 경치 / 또 어디 있단 말고.
북경(北京)을 본 역관이 / 일행 중에 와 있으되
중원의 장려(壯麗)하기 / 이보다 낫잖다네.
이러한 좋은 세계 / 해외에 벌였으니
더럽고 못 쓸 씨로 / 구혈을 삼아 있어
주 평왕 적 입국하여 / 이때까지 이천 년을
흥망을 모르고 / 한 성(姓)으로 전하여서

인민이 생식(生殖)하여 / 이처럼 번성하니
모를 이는 하늘이라 / 가탄하고 가한일다.
― 「구리 기와 즐비한 도시」 중에서

　　오오사카에 도착하여 강을 거슬러 올라가는 과정에서 본 대
도시의 화려한 풍경에 놀라움을 감추지 못하고 있다. 인구 40만
에 육박하는 상업 도시 오오사카의 대저택들은 그 규모와 화려
함이 중국을 능가할 정도였다. 야만인 오랑캐라 생각했던 일본
에 대한 선입견이 깨지는 순간이다. 김인겸은 이러한 일본의 발
전상을 보고 감탄을 금치 못하면서도 다른 한편으로 하늘을 원
망하며 질투의 감정을 숨기지 못하고 있다. 이외에도 화려하게
장식한 일본 배를 묘사하거나(「용과 봉황을 아로새긴 배를 타
고」), 강을 거슬러 올라가며 본 오오사카의 야경에 황홀해하고
(「삼신산의 금빛 궁궐」), 나고야의 사치스러운 가옥과 아름다
운 여인에 감탄하는(「황홀한 나고야 여인」) 등 『일동장유가』의
곳곳에서 일본의 번영과 발전상을 보고 놀라는 김인겸의 모습
을 볼 수 있다.
　　그러나 다른 한편으로 김인겸은 일본이 번영을 누리는 것
에 의문을 제기하고, 일본을 개돼지에 비유하면서 이들을 모두
소탕하고 조선 땅으로 만들어서 조선 왕의 교화로 예의국을 만
들어야 한다고 말하기도 한다(「아무것도 모르는 천황」). 다소
과격하게 들리기도 하는 이 대목은 일본이 조선을 침략했던 것
처럼 무력으로 일본을 정복하겠다는 말은 아니다. 문명의 교화
를 통해 일본이 조선과 같은 유교 국가로 탈바꿈하기를 원한다

는 의미이다. 유교 문명을 지향하는 의식은 당시 동아시아 문명권에 속한 지식인들이 보편적으로 지니고 있었는데, 이를 '문명의식'이라 한다. 중세는 한 나라의 번영과 선진성을 판단하는 척도로 물질적인 요소와 더불어 문명의 달성이 무엇보다 중요하게 여겨졌던 시대이다. 한문 구사 능력과 유학의 수준, 유교 제도의 실행이 그 기준이었다. 이러한 문명의 반대편에 있는 것이 '무위'(武威)이다. 김인겸이 일본을 부정적으로 인식한 이유는 당시 일본이 조선과 평화로운 관계를 맺고 있기는 하나 여전히 무사(武士)가 지배하는 '무가 사회'였기 때문이다. 조선의 지식인들은 일본이 조선과 같이 유교로 통치하는 나라가 되지 않는 이상 언제든지 다시 침략할 수 있으리라 생각했다. 조선 문사가 일본을 판단하는 중요한 기준은 재침략 여부였으며 그것은 유교 정치의 실행과 불가분의 관계에 있었다.

이처럼 문명 의식은 문명의 기준에 미달하는 이들을 멸시하거나 차등적으로 인식하게 만들기도 한다. 그러나 문명 의식이 일본을 부정적으로만 인식하게 한 것은 아니다. 조선과 일본의 문사들은 한문과 유학을 매개로 상호 소통할 수 있었다. 통신사가 숙소에 도착하면 일본 문사들은 통신사를 만나 자신이 지은 시문을 보여 주고 비평을 구했으며, 제술관과 서기는 이들을 상대하느라 눈코 뜰 새가 없었다. 그중에는 김인겸을 스승으로 섬기고 싶어 한 이도 있었다.

"소국의 천한 선비 / 세상에 났삽다가
장(壯)한 구경하였으니 / 저녁에 죽사와도

여한이 없다" 하고, / 어디로 나가더니
또다시 들어와서 / 아롱 보에 무엇 싸고
삼목 궤에 무엇 넣어 / 이마에 손을 얹고
엎디어 들이거늘 / 받아 놓고 피봉 보니
봉한 위에 쓰였으되 / 각색 대단 삼단이요
사십삼 냥 은자로다. / 놀랍고 어이없어
종이에 써서 뵈되 / "그대 비록 외국이나
선비의 몸으로서 / 은화를 갖다가서
글 값을 주려 하니 / 그 뜻은 감격하나
의(義)에 크게 가(可)치 않아 / 못 받고 도로 주니
허물하지 말지어다." / 승산이 부끄러워
백 번이나 칭송하고 / 고쳐 써서 하온 말이,
"예부터 성현들도 / 제자의 속수례(束脩禮)는
다 받아 계오시니 / 소생이 이것으로
폐백(幣帛)을 하옵고서 / 제자 되기 원하나니
물리치지 마옵소서."
　　　―「제자 되길 청하는 가츠야마(勝山)」 중에서

　덴 가츠야마(田勝山)라는 일본 문사가 김인겸이 시를 짓는
모습을 보더니 칭송하며 예물을 가지고 와서 제자로 삼아달라
고 청한 대목이다. 가츠야마의 진심 어린 존경심이 잘 드러난다.
그러나 김인겸은 가츠야마의 바람과는 달리 그를 선비로 동등
하게 대하고자 하였다. 국가·언어·민족을 초월하여 동등하게
교류할 수 있다는 이러한 믿음 역시 문명 의식에서 비롯된 것이

다. 일본 문사와 조선 문사는 문명 의식을 바탕으로 마음을 터놓고 교유할 수 있었다. 에도에서 만난 나바 로도오(那波魯堂)라는 유학자는 날마다 찾아와 통신사와 필담을 나누곤 했는데, 통신사가 떠날 무렵 자신을 조선으로 데려가 달라고 조르기도 하였다(「나바 로도오와의 만남」). 또 통신사가 에도를 떠날 때 일본 문사들이 130여 리를 따라와 눈물을 흘리며 이별을 아쉬워하기도 하였다(「눈물로 전송하는 일본인들」). 김인겸은 이런 만남을 통해 일본인에 대한 선입견이 사라졌다고 고백하기도 했다.

이처럼 『일동장유가』에 그려진 일본 문사와의 교류 장면은 민족과 국가를 초월하여 문명을 매개로 상호 소통할 수 있는 가능성을 보여 준다. 그러나 이들의 만남이 반드시 우호적인 것만은 아니었다. 조선 국왕에게 보내는 회답서에 일본 문사들이 짐짓 예에 어긋나는 용어를 쓴다든지(「회답서 수정 요구」), 최천종(崔天宗) 사건을 처리할 때 통신사를 기만하려고 하는 등 갈등과 긴장이 끊이지 않는 것이 외교의 일선이었다. 당시 통신사와 일본 문사가 주고받은 시와 필담은 일본에서 즉시 여러 권의 필담창화집으로 출판되었는데, 필담창화집을 보면 조선 문사와 일본 문사 사이에 문명의 우열을 둘러싸고 치열한 논쟁이 벌어지기도 했고 통신사를 조공 사절로 낮추어 보는 시각도 있었음을 알 수 있다. 필담 교류의 구체적인 현장을 알고 싶은 독자는 '조선후기 통신사 필담창화집 번역총서'(보고사)를 참고하기 바란다.

한편, 김인겸은 일본의 발전상과 기술력에 놀라면서도 이에 대해 상세히 기록하고 있다. 그는 조선에서 볼 수 없는 기물이

나타나면 유심히 관찰하여 그 모양과 쓰임새까지 상세히 기술
하였다.

> 길가의 냇물 위에 / 물방아 놓았거늘
> 말에 내려 자세 보니 / 물레를 만들되
> 정포(淀浦)의 수차처럼 / 물속에 들여놓고
> 물레 속에 도는 나무 / 크기 거의 아름이요
> 길이는 물레바퀴 / 두 발이 넘어 긴데
> 돌아가면 비슷하게 / 다섯 말뚝 박아 두고
> 그 아래 방아확을 / 다섯을 벌여 놓고
> 넓고 큰 널에다가 / 다섯 구멍 뚫어 내어
> 방앗공이 다섯을 / 그 구멍에 꽂아 놓고
> 방앗공이 말뚝 박아 / 물레가 돌아갈 제
> 물레에 박힌 말뚝 / 공이 말뚝 떠 들어서
> 두 말뚝이 어긋나면 / 방앗공이 찧이는고
> 순환이 반복하여 / 하루 닷 섬 찧는다네.
> 그중에 묘한 것은 / 겨가 다 절로 날려
> 어디로 가고 없고 / 쌀만 남았으니
> 골풀무 모양이요 / 절로 바람 나는도다.
> ─「신기한 물방아」 중에서

길가에서 본 물레방아에 흥미를 느껴 말에서 내려 관찰한
후 남긴 기록이다. 모양을 자세히 기록하였을 뿐만 아니라 그
기능과 효율성에 주목하고 있다. 김인겸은 실학파의 일원은 아

니었으나 이용후생에 도움이 될 만한 대상은 놓치지 않고 기록하였다. 거대한 수차가 자동으로 성안으로 물을 퍼 올려 백성들이 풍족하게 쓸 수 있다고 한 글이나(「편리한 수차」), 쓰시마 사람들이 구황 식물로 먹는 고구마를 일부러 사서 먹어 보고 조선에 보급하려는 의지를 드러낸 글(「효자 토란」) 등에서 이용후생에 대한 관심을 엿볼 수 있다. 실제 계미사행 때 정사(正使) 조엄(趙曮)이 고구마 종자를 일본에서 들여와 재배에 성공하였으며 이로 인해 수많은 사람의 목숨을 구할 수 있었다. 원중거와 성대중의 사행록에도 고구마와 관련한 기록이 보이는 것으로 보아 당시 통신사행원들이 관심사를 공유하고 있었음을 알 수 있다. 『일동장유가』에 단편적으로 보이는 실학적 관심 역시 실학파인 성대중, 원중거와 무관하지 않을 것이다.

이외에도 2층 누선(樓船)이 통과할 수 있을 정도로 높은 다리를 만들면서 한 치의 틈도 없이 이어 붙인 치밀한 설계에 감탄한 대목이나(「무지개다리」), 강물이 불어나 건널 수 없게 되자 백 척이나 되는 배를 엮어 만든 부교(浮橋)에 대한 서술(「배다리」), 일본식 가마를 자세히 묘사한 글(「옻칠 가마」) 등에서 김인겸이 일본의 발전상을 외면하거나 사물을 피상적으로 보지 않고 외관은 물론 그 기능과 쓰임새까지 세밀하게 관찰하였음을 알 수 있다.

『일동장유가』에서 많은 분량을 차지하는 것은 최천종 피살 사건이다. 통신사 일행이 일본인에게 살해당한 일은 통신사가 파견된 이래 처음 있는 일이었기 때문이다.

사건의 개요는 대략 다음과 같다. 1764년 4월 7일 새벽, 오오사카에 머물고 있던 통신사 일행의 숙소에 누군가 몰래 들어와 자고 있던 도훈도(都訓導) 최천종의 목을 칼로 찔렀다. 최천종이 소리치며 일어나니 다른 일행이 모두 놀라 일어났다. 범인은 달아나다가 조선인의 발을 밟고 넘어졌는데 이때 일본인임이 발각되었다. 범인은 쓰시마 번 숙소로 달아났다. 칼은 최천종의 목을 관통하여 방안에 선혈이 낭자했으며 몇 시간 후 그는 숨을 거두었다. 통신사는 즉시 통신사를 수행하고 있던 쓰시마 번에 알렸으며 오오사카 수령에게도 연락을 취하였다.

4월 8일, 통신사는 출발을 연기하고 사건 해결을 요구하였지만, 쓰시마 번의 대응은 미온적이었다. 결국, 4월 11일에 최천종의 시신을 입관하고 봉인하였다. 4월 13일, 쓰시마의 통역관 스즈키 덴조오(鈴木傳藏)가 달아났다는 소문이 퍼졌고 체포령이 내려졌다. 살해 이유는 밝혀지지 않았다. 4월 14일, 사람을 보내 모습을 감춘 스즈키 덴조오를 추적하기 시작했으나 행방이 묘연했다. 4월 19일, 셋츠(攝津) 지역에서 마침내 스즈키 덴조오가 붙잡혔고, 다음 날 통신사에게 이 사실이 전달되었다. 사건 직후 용의자로 지목된 스즈키 덴조오가 이미 달아났다는 사실이나 그를 붙잡아 오는 과정 등은 일본 측에서 철저히 비밀에 붙여 통신사는 자세한 내막을 알 수 없었다. 심문을 거쳐 4월 29일, 마침내 스즈키 덴조오의 사형이 결정되었다. 그러나 통신사가 사형장에 배석할 것을 요구하면서 처형이 연기되었다. 5월 2일, 통신사 일행 54명이 배석한 가운데 스즈키 덴조오가 처형되었다.

막부는 이 사건을 엄중하게 보고 감찰관을 파견하여 조사하였다. 가장 곤란한 이들은 덴조오가 속해 있던 쓰시마 번이었다. 그래서 쓰시마 번은 사건 직후 최천종이 스스로 자결했다고 거짓 소문을 내거나 시신이 담긴 관을 내어 가는 것을 방해하는 등 조사를 지연시키고 비협조적인 태도로 일관해 통신사의 분노를 샀다. 조사를 맡은 오오사카 수령에게도 자살이라고 둘러대는 등 책임을 회피하기에 급급했다. 이후 덴조오의 처형이 결정되기까지 사건 수습을 위해 통신사, 이테이안의 승려, 막부의 감찰관, 오오사카 수령, 쓰시마 번이 서신을 주고받으며 이견을 조율했다. 특히 쓰시마 번은 통신사를 수행하는 임무를 맡고 있었기에 이번 일로 번에 불이익이 가지 않을까 노심초사했으며 평소 이해관계가 얽혀 있던 통신사 역관들을 동원해 사태를 축소하려 했다.

덴조오의 심문 과정에서 밝혀진 살해 동기는 개인적인 원한이었다. 최천종이 거울을 잃어버리자 옆에 있던 일본인을 추궁하며 일본인은 모두 도둑이라고 외쳤는데, 덴조오가 이 말을 듣고 조선 사람이야말로 모두 도적이라고 받아쳤고, 화가 난 최천종이 덴조오의 뺨을 두 대 갈기자 이에 원한을 품었다는 것이다. 그러나 이것은 덴조오의 일방적인 주장일 뿐 진상은 알 수 없었다.

김인겸은 오히려 인삼 밀매와 관련된 사건이라고 생각했던 듯하다. 김인겸은 『일동장유가』와 함께 한문 사행록인 『동사록』(東槎錄)도 썼는데, 이 책에는 통신사 비장(裨將)인 이매(李梅)와 역관들이 서로 짜고 일본의 고위 관료에게 줄 인삼을 몰래 빼돌려 팔았는데 이로 인해 문제가 발생하자 입막음을 위해 최천종을 살해한 것이라는 내용이 보인다.

원중거는 『승사록』에서 또 다른 이유를 들고 있다. 쓰시마 사람들이 조선과의 무역을 통해 이익을 얻고 있었기 때문에 조선인에게 두려운 마음을 심어서 자신들이 원하는 대로 조종하기 위해 꾸민 일일 것이라고 원중거는 생각했다. 통신사의 숙소에 몰래 들어가 사람을 죽이고 빠져나온다면 조선인들이 두려워하여 쓰시마인들에게 더욱 의지하리라 생각해서 덴조오를 시켜 일을 꾸몄다는 것이다. 이 사건으로 인해 통신사행원 중에 혹시 자신도 살해당하지 않을까 두려움에 빠진 이들도 있었던 것으로 보아 일리가 있다고 하겠다.

덴조오는 심문 과정에서 쓰시마 번이 만약 조선인에게 이유 없이 모욕을 당하면 복수해야 하며 그냥 돌아와서는 안 된다는 지침을 내렸다고 주장해 논란을 일으켰다. 쓰시마 번에서는 번주에게 책임이 돌아올 수 있기에 덴조오의 주장이 거짓이라고 반론을 제기하였다. 막부 측에서도 외교 문제로 비화하는 것을 원치 않았기에 결국 두 사람의 개인적인 원한으로 일어난 사건이라 결론지었다. 통신사도 처음에는 진상을 밝힐 것을 강하게 요구했으나 결국 수습안을 받아들여 사건은 일단락되었다. 양국 모두 이 사건이 외교 문제로 비화하지 않기를 바랐던 것이다.

최천종 살해 사건과 관련한 『일동장유가』의 서술에서도 잘 드러나듯이, 김인겸은 사실을 무미건조하게 기록하는 것이 아니라 일화를 삽입하거나 대화체를 사용하는 등 사건을 장면화하여 제시함으로써 독자가 통신사가 처한 상황을 생생하게 느낄 수 있도록 하였다. 이런 서술들로 인해 김인겸이 만난 일본인들의 면면이 더욱 뚜렷하게 드러나고 일본에서 겪은 사건들이 더욱 현장감 있게 다가온다. 『일동장유가』가 다른 사행록과 달리 다채롭고 흥미진진하게 읽히는 까닭도 이와 무관하지 않을 것이다.

5

이 책에 실린 글은 『일동장유가』 가운데 역자가 흥미롭게 본 내용을 가려 뽑아 현대어로 옮긴 것이다. 『일동장유가』는 일기처럼 시간 순서에 따라 기록되어 있는데 본고에서도 여정에 따라 시간순으로 배열하였다. 『일동장유가』 전체 내용을 알고 싶은 독자에게는 다음 서적이 참조가 될 것이다. 『일동장유가』 전체를 탈초하고 이본을 교합하고 학술적인 주석을 붙인 번역서로는 심재완 선생의 교주본 『일동장유가』(한국고전문학전집 10, 보성문화사, 1984)가 있다. 학술적인 접근을 원하는 독자는 이 책을 참조하기 바란다. 좀 더 대중적인 현대어 번역문을 원하는 독자는 이민수 선생의 『일동장유가』(탐구당, 1981)와 최강현 선생의 『일동장유가』(보고사, 2007)가 도움이 될 것이다. 『일동장유가』는 일찍이 일본에서도 번역이 이루어졌는데 일본과 관련한 주석이 자세하여 참고가 된다(高島淑郎, 『日東壯遊歌』, 東洋文庫662, 平凡社, 1999 초판). 본서의 역주와 해설은 위의 책들에 두루 힘입었음을 밝혀 둔다.

6

우리는 종종 일본을 경쟁국으로 여긴다. 과거에는 일본이 극복의 대상으로 언급되더니 근래 들어서는 일본을 앞섰다는 우월감을 내비치는 경우가 적지 않다. 과거의 열등감은 종종 현재의 과도한 우월감을 빚어내기도 한다. 열등감도 우월감도 상대를 공존의 대상이 아닌 경쟁 상대로 여기기 때문에 일어나는 감정적 대응이라 할 수 있다. 이러한 감정적 대응은 일본을 정확히 파악하는 데 걸림돌이 된다. 일본의 식민지배나 역사 왜곡과 같은 문제에 대해서는 비판적인 시각을 갖되, 공존해야 하는 이웃 나라라는 점에서는 합리적이고 이성적인 접근이 필요할 것이다.

『일동장유가』는 그런 점에서 현재적인 의의를 지닌다. 김인겸은 임진왜란의 기억을 떠올리며 무사가 통치하는 일본에 대해 불편한 기색을 숨기지 않았고, 오랑캐라 생각했던 일본이 조선보다 번영한 사실에 질투의 감정을 표출하기도 했다. 그럼에도 불구하고 일본의 지식인들과 문명 의식을 바탕으로 소통하고 평화적인 관계를 맺고자 힘썼다. 일본의 발전된 문물과 기술을 외면하지 않고 예리한 시각으로 관찰하고 전달하려는 면모도 보인다. 또 자신이 옳지 않다고 생각하는 사안에 대해서는 주위의 조롱과 비난을 감수하고 뜻을 관철하고자 하였다. 이러한 김인겸의 태도는 합리적이고 이성적인 시각과 원칙에 입각한 대응의 중요성을 상기시킨다. 또한, 보편적인 가치를 바탕으로 일본의 양심적인 시민들과 연대하여 국가적 차원의 차별이나 갈등에 공동으로 대응하는 것이 얼마나 중요한지 숙고하게 한다.

20세기에서 21세기에 걸쳐 하나로 연결되어 가던 세상은 이제 다시 분열과 반목, 질시와 경쟁의 시대로 돌입하고 있다. 언어, 문화, 관습 그리고 역사적 경험의 차이에도 불구하고 우리가 일본과 우호적인 관계를 맺어 나가려고 노력하는 것이 분열의 시대에 한 줄기 빛이 될 수 있지 않을까 희망해 본다.

김인겸(金仁謙, 1707~1772) 연보

1707년(숙종 33), 1세   — 지금의 충청남도 공주시 무릉동에서 아버지 김창복
(金昌復)과 어머니 인동(仁同) 장씨의 독자로 태어나
다. 김인겸의 호 퇴석(退石)은 무릉동의 옛 이름인 무
른돌, 혹은 무른들에서 유래했다.

1720년(경종 원년), 14세   — 아버지를 여의다.

1722년(경종 2년), 16세   — 신임사화(辛壬士禍)로 오촌 당숙인 김창집(金昌集)이
사사되다. 1724년 복권되기 전까지 과거에 응시할 수
없었다.

1725년(영조 1), 19세   — 이만제(李晩濟)의 딸 우봉(牛峰) 이씨와 혼인하다. 2남
2녀를 두었다.

1726년(영조 2), 20세   — 장남 인행(麟行)이 태어나다.

1734년(영조 10), 28세   — 어머니를 여의다.

1753년(영조 29), 47세   — 사마시에 급제하였으나 대과를 준비하지 않고 은거
하다.

1762년(영조 38), 56세   — 장남이 37세의 나이로 세상을 떠나다.

1763년(영조 39), 57세   — 통신사 삼방서기(三房書記)로 선발되어 일본에 가다.
귀국 후 지평현감(砥平縣監)에 제수되다.

1767년(영조 43), 61세   — 부인 우봉 이씨가 세상을 떠나다.

1772년(영조 48), 66세   — 세상을 떠나다. 지금의 공주시 무릉동 산16 부근에
장사를 지내다.

찾아보기